Als Autorenteam arbeiteten Edwin Balmer und sein Schwager William MacHarg (Balmer hatte dessen Schwester geheiratet) zu Beginn des 20. Jahrhunderts an mehreren Werken zusammen, wie die vielen Geschichten in der 'Luther Trant' Serie oder größere Bücher wie z. B. 'The Indian Drum'.

Daneben gibt es zahlreiche einzelne Werke der beiden Schriftsteller oder Coproduktionen mit anderen Kollegen.

In den Jahren zwischen den bedeutenden Krimis von Edgar Allen Poe und Agantha Christie füllten die Werke von Balmer und MacHarg die Lücke des Genres mit cleveren und spannenden Geschichten, die mit Wissenschaft und Romantik gespickt waren.

Thomas M. Meine

AUSGESPROCHEN MERKWÜRDIG

Nach dem Kurzroman von
DECIDEDLY ODD
(The Hammering Man)
von Edwin Balmer and William MacHarg
erschienen 1915 im Top-Notch Magazine

EIN SPEZIELLER SERVICE

Nach dem Kurzroman
SPECIAL SERVICE
von Edwin Balmer and William MacHarg
erschienen 1926

**Bibliografische Information der
Deutschen Nationalbibliothek**

Die Deutsche Nationalbibliothek verzeichnet diese
Publikation in der Deutschen Nationalbibliografie;
detaillierte bibliografische Daten
sind im Internet über http://dnb.dnb.de abrufbar.

Herstellung und Verlag:
BoD - Books on Demand, Norderstedt
Alle Rechte vorbehalten
© 2021 April

ISBN 9 783753 480350

Inhalt Seite

AUSGESPROCHEN MERKWÜRDIG

Vorbemerkungen zur Geschichte: Luther Trant, der psychologische Detektiv, ist zurück mit einem Abenteuer, das man zur damaligen Zeit Anfang des 20. Jahrhunderts als 'die Neugier in keineswegs geringer Weise anregend' bezeichnet hatte. Die Geschichte sei als Fiktion verfasst, beinhalte aber Dinge, die man als bestens bekannt in den Universitäten und Laboratorien, die sich auf dem neuesten Stand sind, finden würde. Es sei seltsam, dass die Gerichte immer noch nicht bereit sind, dies anzuwenden, es früher oder später aber doch tun müssten – es geht um ein heute allseits als 'Lügendetektor' bekanntes Gerät.

I. Eine verschlüsselte Anzeige

An einem regnerischen Morgen im April saß Luther Trant allein in seinem Büro. Während er sich ganz nahe über einen Haufen maschinengeschriebener Seiten beugte, die vor ihm auf seinem Schreibtisch ausgebreitet waren, tickte ein kleines Instrument an seinem Handgelenk, das sich in ständiger Bewegung befand – wie eine Uhr.

Es war für ihn eine Stunde des Müßiggangs; er las Fiktion – erfundene Geschichten – und mit seiner Leidenschaft für das Sichtbarmachen und Aufzeichnen der Abläufe im Kopf zeichnete er beim Lesen permanent seine Gefühle auf.

Das Instrument, das an Trants Arm geschnallt war, nannte man einen Sphygmographen. Er hatte einen kleinen Stahlstab, der fest auf seine Handgelenksarterie drückte. Dieser Stab, der sich mit jedem Blutstrom durch die Arterie hob und senkte, übertrug seine Bewegung auf ein System von kleinen Hebeln. Diese Hebel betätigten dann eine Bleistiftspitze, die die Oberfläche einer sich drehenden Trommel berührte.

Trant hatte um diese Trommel herum einen Streifen geschwärztes Papier angebracht, auf dessen rußiger Oberfläche die Bleistiftspitze eine kontinuierliche Wellenlinie nachzeichnete, die mit jedem Pulsschlag des Kriminalpsychologen anstieg und abfiel.

Wenn das Interesse von Tyrant an der Geschichte gepackt wurde, wurden die Ausschläge der Wellenlinie heftiger und sie lagen weiter auseinander.

Wenn das Interesse nachließ, kehrte sein Puls zum normalen Verlauf und die Linie wurde regelmäßig in ihren Wellen.

Bei besonderer Aufregung schwollen die Erhebungen dramatisch an.

Der Kriminalpsychologe beobachtete mit Genugtuung, wie die kontinuierlichen Variationen der Linie den sich verändernden Eindruck der Geschichte eindeutig dokumentierten, als er durch das scharfe Klingeln seines Telefons unterbrochen wurde.

Eine aufgeregte, cholerisch klingende Stimme kam über die Telefonleitung:

»Mr Trant? ... Hier spricht Cuthbert Edwards, von Cuthbert Edwards & Co., Michigan Avenue.«

»Sie haben heute Morgen eine Mitteilung von meinem Sohn Winton erhalten? Ist er gerade da? ... Nein? Dann wird er in wenigen Minuten Ihr Büro erreichen.«

»Ich möchte, dass in dieser Angelegenheit nichts unternommen wird! Das verstehen Sie doch! Ich werde Ihr Büro so schnell wie möglich selbst aufsuchen – wahrscheinlich innerhalb von fünfzehn Minuten – und alles erklären.«

Der Satz endete mit einem dumpfen Schlag, als Cuthbert Edwards den Hörer wieder auf den Haken knallte.

Der Psychologe kannte den Namen des Anrufers, selbst wenn er nicht durch die Mitteilung, die er an diesem Morgen erhalten hatte, vorgewarnt gewesen wäre. Er war das konservative Oberhaupt einer der ältesten und 'exklusivsten' Familien Neuenglands mit puritanischer Abstammung.

Er löste den Sphygmographen von seinem Handgelenk und holte sich die seltsame Zeitungsanzeige heran, die ihm Winton Edwards in seinem Brief beigelegt hatte, um sie zu lesen. Offenbar war sie aus den Kleinanzeigenspalten einer der großen Tageszeitungen ausgeschnitten worden:

'An Eva: Der Siebzehnte vom Zehnten! Da du und die Deinen sich in Sicherheit befinden, bist du nun unempfindlich dafür geworden, dass andere jetzt an deiner Stelle warten? Und die, die in großer Gefahr sind, hast du sie vergessen? Wenn du dich erinnerst und ehrlich bist, melde dich. Damit kannst du helfen, sie alle zu retten! N.M. 15,45,11,31,7,13,32,45,13,36.

10

Der Brief, an dessen erste Seite die Anzeige angeheftet wurde, war auf denselben Tag datiert, an dem Trant er ihn erhalten hatte, abgestempelt um drei Uhr morgens und geschrieben in der krakeligen Hand eines jungen Mannes unter offensichtlich starker Erregung:

'Sehr geehrter Herr: Bevor ich persönlich zu Ihnen komme, schicke ich Ihnen die beiliegende Anzeige zur Ansicht. Diese Anzeige ist der einzige greifbare Beweis für den erstaunlichen und unerklärlichen Einfluss, den der 'hämmernde Mann' auf meine Verlobte, Miss Eva Silber, ausübt. Dieser Einfluss hat sie gezwungen, sich zu weigern, mich zu heiraten und mir zu sagen, dass ich an sie nur denken darf, als ob sie tot wäre.'

'Diese Anzeige erschien zuerst am vergangenen Montagmorgen in den Kleinanzeigenspalten von drei Chicagoer Zeitungen in englischer Sprache und in der deutschen Zeitung ___ .'

'Am Dienstag erschien sie in denselben Morgenzeitungen und in vier Abendzeitungen sowie in der deutschen Zeitung ___ .'

'Sie wurde jeder dieser Zeitungen per Post zugesandt, ohne Adresse oder andere Informationen als den Text, wie er hier abgedruckt ist, mit jeweils drei Dollar in bar beigelegt, um die Veröffentlichung bezahlen.'

'Um Himmels willen, helfen Sie mir, Mr Trant! Ich werde Sie heute Morgen aufsuchen, sobald ich denke, dass Sie in Ihrem Büro sind.'

'WINTON EDWARDS.'

Kaum hatte der Psychologe diesen Brief beendet, als schnelle Schritte auf dem Korridor draußen vor seiner Bürotür haltmachten.

Nie hatte es einen eindrucksvolleren Auftritt in Trants Büro gegeben als den des jungen Mannes, der nun hereinplatzte – zerzaust, nass vom Regen, die Augen rot vom Schlafmangel.

»Sie hat mich verlassen, Mr Trant!«, rief er ohne Einleitung. »Sie ist weg!«

Als er benommen in einen Stuhl sank, zog er ein kleines Lederetui aus seiner Tasche und reichte es dem Psychologen.

Darin befand sich das Foto eines bemerkenswert hübschen Mädchens, Anfang zwanzig – ein Mädchen, ernüchtert durch eine ungewöhnliche Erfahrung, was sich am deutlichsten in der Haltung ihres kleinen runden Kopfes zeigte, der von einem Zopf aus glänzendem Haar umhüllt war, und an dem Schatten, der in den festen Augen lauerte, obwohl sie lächelten, wie auch ihre vollen Lippen.

»Sie sind Mr Winton Edwards, wie ich annehme?«, sagte Trant und hob den Brief auf seinem Schreibtisch auf.

»Nun, wenn Sie mich um Hilfe bitten, Mr Edwards, müssen Sie mir zuerst alle Informationen über den Fall geben, die Sie haben.«

»Das ist Eva Silber«, antwortete der junge Edwards. »Miss Silber war seit etwas mehr als einem Jahr bei uns angestellt und kam auf eine Annonce hin zu uns.«

»Sie hat uns keine Informationen über sich selbst gegeben, als sie kam, und sie hat auch seitdem keine gegeben.«

»Wegen ihrer ausgeprägten Fähigkeiten hat mein Vater ihr die gesamte Korrespondenz des Hauses mit unseren ausländischen Agenten übertragen, denn außer Englisch spricht und schreibt sie fließend Deutsch, Französisch, den ungarischen Magyar-Dialekt sowie Russisch und Spanisch.«

»Ich war fast von Anfang an in sie verliebt«, fuhr er fort, »trotz der Einwände meines Vaters gegen die Verbindung. Der erste Edwards aus unserer Familie, Mr Trant, kam 1660 nach Massachusetts, und mein Vater hat die Vorstellung, dass jeder, der später kam, uns unmöglich ebenbürtig sein kann.«

»Miss Silber ist erst vor Kurzem nach Amerika gekommen, um zu arbeiten. Die Frauen unserer Familie sitzen alle untätig zu Hause herum.«

»Woher ist sie gekommen?«, fragte der Psychologe.

»Ich weiß es nicht«, war die ehrliche Antwort des jungen Mannes. »Ich glaube, sie ist Österreicherin. Der magyarische Dialekt, den sie spricht, ist von den Sprachen, die sie beherrscht, diejenige, die sie wohl nicht erst dazugelernt hat. Ich habe einmal mit ihr darüber gesprochen, und sie hat mir nichts Gegenteiliges gesagt.«

Er hielt inne, um seine Erregung zu kontrollieren, und fuhr dann fort: »Sie hatte soviel ich weiß, keine Freunde. Sie sehen also Mr Trant, das alles macht die Zustimmung meines Vaters zu meiner Heirat mit ihr nur zu einem noch größeren Beweis für ihre offensichtliche Güte und ihren Charme!«

»Dann hat er also doch noch zugestimmt, dass Sie sie heiraten?«, warf Trant ein.

»Ja, vor zwei Wochen.«

»Zuvor hatte ich sie angebettelt und angefleht, aber sie war nie bereit gewesen, mir ihr Versprechen zu geben. Erst vor einer Woche, am letzten Mittwoch, nachdem sie schon länger gewusst hatte, dass mein Vater damit einverstanden war, willigte sie schließlich ein – aber nur unter Vorbehalt.«

»Ich musste auf eine kurze Geschäftsreise, und Eva sagte mir, sie wolle etwas Zeit haben, um darüber nachzudenken, aber wenn ich zurückkäme, würde sie mir alles über sich erzählen, und wenn ich sie danach immer noch heiraten wollte, würde sie zustimmen.«

»Ich hätte mir nie vorstellen können, dass jemand sie zwingen könnte, ihre Meinung zu ändern!«

»Und doch hat sie ihre Meinung geändert, meinen Sie?«, warf Trant ein.

»Keine Frage, Mr Trant!«, war die nachdrückliche Antwort.

»Und es scheint ganz und gar am Besuch des 'hämmernden Mannes' gelegen zu haben, der sie am Tag nach meiner Abreise aus Chicago im Büro aufgesucht hat.«

»Es klingt komisch, ihn so zu nennen, aber ich kenne weder seinen Namen noch irgendetwas über ihn, außer der Tatsache, dass er hämmert.«

»Aber wenn die Leute im Büro ihn sahen, haben Sie zumindest seine Beschreibung«, sagte Trant.

»Sie sagen, er war ungewöhnlich groß, grobschlächtig, fast bestialisch im Aussehen, hatte einen roten Kopf und war schlicht gekleidet. Er bat darum, Eva zu sehen, und als sie ihn erblickte, wandte sie sich ab und weigerte sich, mit ihm zu sprechen.«

»Wie hat der Mann ihre Ablehnung aufgenommen?«, war die nächste Frage.

»Er schien einen Moment lang sehr wütend zu sein und ging dann hinaus auf den öffentlichen Korridor«, antwortete Edwards. »Lange Zeit ging er dann im Korridor hin und her und murmelte vor sich hin.«

»Die Leute im Büro hatten ihn schon fast vergessen, als sie durch ein hämmerndes Geräusch aufgeschreckt wurden, das vom Korridor kam. Eine Wand des inneren Büros, in dem Eva ihren Schreibtisch hatte, grenzt an diesen Korridor, und der Mann schlug mit seinen Fäusten darauf.«

»Hämmerte er aufgeregt?«, fragte Trant.

»Nein; auf eine eher durchdachte und organisierte Weise. Mein Vater, der das Geräusch gehört hat, sagt, es sei so markant gewesen, dass er es sofort wiedererkennen würde, wenn er es noch einmal hören würde.«

»Seltsam!«, sagte Trant. »Und welche Wirkung hatte das auf Miss Silber?«

»Das ist das Seltsamste daran«, sagte Winton Edwards.

»Eva wirkte besorgt und beunruhigt, seit sie erfahren hatte, dass der Mann da war.

Dieses Hämmern schien sie aber über alle Maßen aufzuregen und zu verstören.«

»Am Ende des Arbeitstages ging sie zu meinem Vater und legte abrupt ihre Vertrauensstellung nieder, die sie bei uns innehatte. Mein Vater, überrascht und verärgert über ihre Weigerung, einen Grund für diese Handlung zu nennen, nahm ihren Rücktritt an.«

»Sie wissen nicht zufällig, ob Miss Silber vor diesem Besuch einen Brief erhalten hatte, der sie beunruhigt hat«, sagte Trant.

»Sie hat vielleicht eine Nachricht von ihm bei sich zu Hause, aber nicht im Büro«, meinte der junge Mann. »Es gibt aber etwas noch Geheimnisvolleres.«

»Am Sonntag bestellte mein Vater, der es angesichts unserer Beziehung bedauerte, dass er ihre Kündigung so schnell akzeptiert hatte, das Auto und fuhr zu ihr.

Aber – um Himmels willen, da kommt er ja!«

II. Das Jubiläum

Das laute Schlagen eines Stocks hatte Trants Tür erschüttert und das geschliffene Glas von einer Ecke zur anderen zerspringen lassen. Sie wurde aufgerissen, um einen entschlossenen kleinen Mann einzulassen, dessen sorgfältig gepflegte rosa-weiße Gesichtsfarbe durch seinen Zorn noch betont wurde.

»Winton, geh nach Hause!« Der ältere Edwards warf seinem Sohn einen strengen Blick zu, dann sah er sich im Büro um.

»Mr Trant – Sie sind Mr Trant, nehme ich an – ich möchte, dass Sie sich aus dieser Angelegenheit heraushalten. Ich ziehe es vor, alles auf sich beruhen zu lassen.«

»Langsam«, sagte der Psychologe und erhob sich. »Ich behalte mir das Recht vor, Mr Edwards, Fälle nur anzunehmen oder fallen zu lassen, wie ich es selbst für richtig halte. Ich habe bisher nichts in der Geschichte Ihres Sohnes gehört, was erklären würde, warum Sie den Fall nicht untersucht haben wollen.«

»Dann werden Sie es erklärt bekommen«, antwortete Cuthbert Edwards. »Ich habe Miss Silber letzten Sonntag aufgesucht, und aufgrund dessen, was ich dort erfahren habe, möchte ich, dass Winton nichts mehr mit ihr zu tun hat.«

»Ich bin also an diesem Sonntag zu Miss Silber gegangen, Mr Trant, weil ich das Gefühl hatte, dass ich am Donnerstag bei der Annahme ihrer Kündigung zu voreilig gewesen war. Ich bot ihr eine Entschuldigung an und war dabei, sie zur Vernunft zu bringen, als ich plötzlich aus einem der oberen Zimmer ähnliche Geräusche hörte, wie die, welche am Donnerstagnachmittag die Ruhe in meinem Büro so gestört hatten!«

»Sie meinen das Hämmern?«, fragte Trant.

»Genau, Mr Trant, das Hämmern! Hätten Sie dieses Geräusch selbst gehört, so wüssten Sie, dass es ein ganz bestimmter und unverwechselbarer Schlag ist, der nach einer bestimmten Anordnung erfolgt.«

»Kaum hatte ich es gehört, sah ich die Unruhe, die es wieder in Miss Silber ausgelöst hatte. Ich war mir sicher, dass derselbe mysteriöse Mann, der sie in meinem Büro aufgesucht hatte, sich nun in ihrem Haus aufhielt. Ich bestand darauf, da sie die versprochene Frau meines Sohnes war, das Haus zu durchsuchen.«

»Haben Sie ihn gefunden?«, erkundigte sich Trant scharf.

»Nein, das habe ich nicht, Mr Trant, obwohl ich in jedes Zimmer gegangen bin und jeden Schrank geöffnet habe. Ich fand nur die üblichen Bewohner des Hauses vor – Miss Silbers Vater und die Frau, die für sie den Haushalt führt.«

»Miss Silbers Vater! Hat Miss Silber einen Vater, der hier lebt?«, unterbrach ihn Trant.

»Er ist es kaum wert, ihn zu erwähnen, Mr Trant«, erklärte der jüngere Edwards. »Er muss irgendwann an einem Gehirnleiden gelitten haben, das ihn teilweise seiner Fähigkeiten beraubt hat, wie auch seiner Sprache, glaube ich. Weder er, noch die Haushälterin, die nicht zu Evas Vertrauten gehört, werden uns wahrscheinlich in dieser Angelegenheit helfen können.«

»Der Mann könnte sich ungesehen aus dem Haus geschlichen haben«, schlug Trant vor.

»Ziemlich unmöglich«, behauptete Cuthbert Edwards. »Miss Silber wohnte in einem kleinen Haus westlich von Ravenswood. Es gibt nur sehr wenige Häuser, keines im Umkreis von mindestens einer Viertelmeile von ihr. Das Gelände ist flach, und niemand hätte entkommen können, ohne von mir gesehen zu werden.«

»Ihre Geschichte ist bis jetzt sicherlich sehr eigenartig«, kommentierte der Psychologe, »und sie wird mit jedem Detail interessanter. Sind Sie sicher, dass es nicht dieses zweite Gespräch mit Ihrem Vater war« – und er wandte sich dabei wieder an den jüngeren Mann – »das Miss Silber veranlasst hat, Sie abzuweisen?«

»Nein, so war es nicht. Als ich gestern zurückkam und von Vater erfuhr, was geschehen war, ging ich sofort zu Eva nach Hause. Sie hatte sich vollkommen verändert, nicht in ihren Gefühlen mir gegenüber, denn ich war mir schon damals sicher, dass sie mich liebte, aber ein Einfluss – der Einfluss dieses Mannes – war zwischen uns gekommen.

Sie sagte mir, es gäbe keine Möglichkeit mehr, sie zu heiraten und verweigerte die Erklärung, die sie mir versprochen hatte. Ich solle weggehen und sie vergessen, oder – wie ich Ihnen geschrieben haben – sie als tot zu betrachten.«

»Können sich meine Gefühle vorstellen?«, fuhr er fort. »Ich konnte letzte Nacht nicht schlafen, nachdem ich sie verlassen hatte. Als ich im Haus umherwanderte, sah ich die Abendzeitung auf dem Bibliothekstisch ausgebreitet liegen, und mein Blick fiel auf ihren Namen darin. Er stand in der Anzeige, die ich Ihnen geschickt habe, Mr Trant.«

»Da es schon spät war, rief ich in der Zeitungsredaktion an und erfuhr einige Fakten bezüglich der Anzeige. Bei Tagesanbruch fuhr ich hinaus, um Eva zu sehen. Das Haus war leer. Ich umrundete es im Schlamm und Regen und schaute durch die Fenster. Sogar die Haushälterin war nicht mehr da, und die Nachbarn konnten mir nichts über die Zeit oder die Art und Weise ihres Weggangs sagen; auch im Büro kam keine Nachricht von ihr an.«

»Das ist also alles«, sagte der Psychologe nachdenklich. 'Am Siebzehnten des Zehnten' las er den Anfang der Anzeige noch einmal.

»Das ist natürlich ein Datum, der Siebzehnte des zehnten Monats, und es steht dort, um Miss Silber an ein Ereignis aufmerksam zu machen, an das sie sicher erinnern würde. Ich nehme an, Sie wissen von keiner privaten Bedeutung, die dieses Datum für sie haben könnte, sonst hätten Sie es wohl erwähnt.«

»Nichts an einem Siebzehnten, nein, Mr Trant«, antwortete der junge Edwards. »Wenn es nur der Dreißigste wäre, könnte ich Ihnen vielleicht helfen; denn ich weiß, dass Eva an diesem Tag zu Hause eine Art Jubiläum feiert.«

Trant schlug einen dicken Almanach auf, der auf seinem Schreibtisch lag. Bei einem schnellen Blick über die Seiten blitzten plötzlich seine Augen auf, als hätte er etwas entdeckt.

»Sie haben recht, denke ich, was den Einfluss des hämmernden Mannes auf das Verhalten des Mädchens angeht«, sagte der Psychologe. »Welcher Art aber ihre Verbindung zu ihm ist und welche Gründe sie hat, ist etwas anderes. Aber darüber kann ich erst etwas sagen, wenn ich eine halbe Stunde in der Crerar-Bibliothek* für mich hatte.«

[* wissenschaftliche Bibliothek in Chicago]

»Die Bibliothek, Mr Trant?«, rief der junge Edwards erstaunt.

»Ja, und da Schnelligkeit sicherlich wichtig ist, hoffe ich, dass Sie Ihr Auto noch unten haben.«

Als der junge Edwards nickte, ergriff der Psychologe seinen Hut, seine Handschuhe und seinen Instrumentenkoffer und führte die anderen aus dem Büro. Eine halbe Stunde später kam er wieder aus der Bibliothek hinaus, um zu den Edwards' zu gehen, die mit dem Auto gewartet hatten.

»Der Mann, der diese Anzeige aufgegeben hat – ich glaube, es war der hämmernde Mann – den wir suchen«, verkündete er kurz, »heißt N. Meyan, und er wohnt in No. 7 Coy Court oder ist zumindest dort zu erreichen. Der Fall hat plötzlich viel dunklere und schurkischere Züge angenommen, als ich befürchtet hatte. Bitte sagen Sie dem Chauffeur, dass er so schnell wie möglich dorthin fahren soll.«

Am Coy Court, wo er zwanzig Minuten später den jungen Edwards den Motor anhalten ließ, erwies sich als eine jener kurzen, sich kreuzenden Straßen, die von der belebten Durchgangsstraße Halstead Street ausgehen, dann ein oder zwei schmuddelige Blocks nach Osten oder Westen verlaufen und kurz vor der rußigen Wand einer Gießerei oder Maschinenhalle enden.

Nr. 7, das dritte Haus auf der linken Seite – wie viele in der Nachbarschaft, deren Fenster griechische, jüdische oder litauische Zeichen trugen – hatte im Untergeschoss einen Laden, aber die oberen Stockwerke waren rein für Wohnunterkünfte vorgesehen.

Die Tür wurde von einem kleinen Mädchen von etwa acht Jahren geöffnet.

»Wohnt N. Meyan hier?«, fragte der Psychologe, »und ist er zu Hause?«

Dann sagte er, als das Kind bei der ersten Anfrage nickte und bei der zweiten den Kopf schüttelte: »Wann kommt er denn wieder?«

»Er kommt heute Abend sicher wieder zurück«, sagte sie, »aber vielleicht schon früher. Heute Abend oder morgen geht er für immer weg. Er hat nur bis morgen bezahlt.«

»Ich hatte recht, als ich bemerkte, dass wir uns beeilen müssen«, sagte Trant zu dem jungen Edwards. »Aber es gibt eine Sache, die wir versuchen können, auch wenn er nicht hier ist. Geben Sie mir das Bild, das Sie mir heute Morgen gezeigt haben!«

Er nahm Winton das Bild von Eva Silber aus der Hand, öffnete das Lederetui, in dem es sich befand und hielt es so, dass das Kind es sehen konnte.

»Kennst du diese Dame?«

»Ja!«, sagte das Kind und zeigte plötzlich Interesse.

»Das ist die Frau von Mr Meyan.«

»Seine Frau!«, rief der junge Edwards.

»Also«, sagte der Psychologe rasch zu dem kleinen Mädchen, du hast diese Dame hier gesehen?«

Das Kind, das plötzlich sehr gesprächig wurde, sagte in ihren kindlichen Worten:

»Sie ist gestern Abend gekommen. Weil sie herkommt, hat Mr Meyan großen Krach gemacht, damit wir ein Zimmer für sie herrichten. Ihre Sachen waren schon gekommen. Wir haben das Zimmer neben dem von ihm bereit gemacht. Aber weil sie ein anderes Zimmer will, geht sie letzte Nacht wieder weg. Zimmer gibt es nicht leicht, wir haben viele Leute. Aber jetzt haben wir noch eins, also kommt sie heute Abend wieder.«

»Erscheint es uns jetzt noch notwendig, diese Untersuchung weiter voranzutreiben?«, fragte Cuthbert Edwards bissig.

Während er sprach, kam das Geräusch von betonten, schweren Schlägen zu ihnen die dunkle Treppe hinunter, offenbar aus dem zweiten Stock des Gebäudes.

Der ältere Edwards rief aufgeregt: »Was ist das? Hört doch! Dieser Mann – Meyan, wenn es Meyan ist – muss hier sein; denn das ist das gleiche Hämmern wie in dem anderen Haus.«

»Das ist ein noch größeres Glück, als wir erwarten konnten«, rief der Psychologe aus. Er schlüpfte an dem Kind vorbei und eilte schnell die Treppe hinauf, dicht gefolgt von seinen Begleitern.

Oben am Ende der Treppe kam er an einer verkrüppelten Frau vorbei, die durch ihre große Ähnlichkeit mit dem kleinen Mädchen von unten sofort als Mutter und Hausherrin zu erkennen war. Neben ihr stand ein zitternder alter Mann.

Bevor die Frau ihn daran hindern konnte, riss Trant zusammen mit dem älteren Edwards eine Tür nach der anderen zu den Zimmern in diesem Stockwerk und im Stockwerk darüber auf, doch die Zimmer waren alle leer.

»Meyan muss entkommen sein!«, sagte Cuthbert Edwards, als sie niedergeschlagen in den zweiten Stock zurückkehrten. »Aber wir haben wenigstens den Beweis, dass das Kind die Wahrheit gesagt hat, als es sagte, Miss Silber sei hier gewesen, um ihn zu sehen, denn sie hätte ihrem Vater kaum erlaubt, ohne sie hierher zu gehen.«

»Ihr Vater – das ist also der Vater von Miss Silber!« Cuthbert Edwards, der ihn bereits kennengelernt hatte, nickte.

Trant wandte sich rasch um und betrachtete mit größtem Interesse den alten Mann, der sich zitternd und schaudernd in eine Ecke zurückzog.

Selbst in dem abgedunkelten Saal vermittelte er dem Psychologen einen Eindruck von grauer Blässe. Sein Haar und sein Bart waren schneeweiß, die tote Blässe seiner Haut war wie das ungesunde Weiß von Kartoffeltrieben, die in einem Keller gekeimt sind, und die Iris seiner Augen war verblasst, bis sie fast nicht mehr zu erkennen war.

Dennoch blieb etwas in der Erscheinung des Mannes, das Trant sagte, dass er nicht wirklich alt an Jahren war – dass er immer noch in Bewegung sein müsste, kühn, selbstbewusst, ein Anführer unter Männern, anstatt bei der kleinsten Bewegung dieser zufälligen Besucher so zu erschaudern und zusammenzuschrumpfen.

»Meyan? Ist es, weil Sie Meyan suchen, dass Sie diesen ganzen Aufruhr gemacht haben?«, unterbrach die Frau.

»Warum haben Sie dann nicht gleich gefragt? Er ist jetzt in der Bar, glaube ich, auf der anderen Straßenseite.«

»Dann werden wir sofort dorthin gehen«, sagte Trant. »Aber ich möchte Sie bitten«, bemerkte er an den älteren Edwards gewandt, »beim Auto zu warten, denn zwei von uns werden für meinen Zweck ausreichen, und mehr als zwei könnten es vereiteln, indem sie Meyan alarmieren.«

Trant stieg die Treppe hinunter, nahm seinen Instrumentenkoffer aus dem Auto und überquerte mit dem jungen Edwards schnell die Straße zur Bar.

III. Der schlaue Bleisift

Ein Dutzend Müßiggänger stand an der Bar oder saß auf Stühlen, die gegen die Wand gelehnt waren. Trant musterte sie einen nach dem anderen genau. Nur einen Mann schien er nicht anzuschauen. Es war der einzige rothaarige Mann an diesem Ort, der ganz klar Meyan sein musste. 'Rothaarig' war die einzige Beschreibung, die sie von ihm hatten, aber so dürftig sie auch war, mit der Aussage der Wirtin, dass er in der Bar war, beschloss Trant, ihn zu testen.

Der Psychologe holte einen Umschlag aus seiner Tasche und schrieb schnell etwas auf die Rückseite.

»Ich werde etwas versuchen«, flüsterte er, während er den Umschlag über die Theke zu Edwards schob. »Es wird vielleicht nicht funktionieren, aber wenn es mir gelingt, Meyan zu einem Test zu bewegen, dann gehen Sie in das Hinterzimmer und sprechen Sie laut, was ich auf den Umschlag geschrieben habe, als ob Sie gerade mit jemandem hereingekommen wären.«

Als Edwards verständnisvoll nickte, ging der Psychologe leichtfüßig zu dem Mann, der ihm an der Theke am nächsten stand – ein blasser litauischer Arbeiter, der in einem Ausbeuterbetrieb sein Geld verdient.

»Ich nehme an, Sie vertragen eine Menge davon?« Trant nickte in Richtung des Glases mit dem kräftigen Whisky. »Trotzdem – er hat seine Wirkung auf Sie, lässt Ihr Herz fester schlagen – beschleunigt Ihren Puls.«

»Was sind Sie?«, fragte der Mann und grinste. »Ein Vortragsredner für Abstinenz?«

»So etwas in der Art«, antwortete der Psychologe. »Zumindest kann ich Ihnen zeigen, welche Wirkung Whisky auf Ihr Herz hat.«

Er nahm den Instrumentenkoffer in die Hand und öffnete ihn. Die Herumlungernden versammelten sich um ihn, und Trant sah mit Genugtuung, dass sie ihn für einen wandernden Anwalt der Mäßigung hielten. Sie starrten neugierig auf das Instrument, das er aus dem Etui genommen hatte.

»Das kommt an den Arm«, erklärte er.

Mit einem Grinsen in Richtung der Umstehenden krempelte der Litauer seinen Ärmel hoch.

»Nein, Sie nicht«, sagte Trant, »Sie haben gerade etwas getrunken.«

»Bekomme ich dafür einen Drink? Ich habe seit dem Frühstück nichts mehr getrunken!«, sagte ein anderer, der sich an den Tisch drängte und seinen von blauen Adern durchzogenen Unterarm entblößte, damit Trant das Instrument daran befestigen konnte.

Der junge Winton Edwards beobachtete alles genauso neugierig wie die anderen und sah, wie Trant den Sphygmographen am Arm des Mechanikers befestigte und die Bleistiftspitze begann auf der rußigen Oberfläche eine wellenförmige Linie zu zeichnen, die normalen Aufzeichnung des mechanischen Pulses.

»Ihr könnt es sehen!« Trant zeigte den anderen die Aufzeichnung, während sie sich langsam von der Trommel abwickelte.

»Jeder Gedanke, den ihr habt, jedes Gefühl, jede Empfindung – Geschmack, Berührung, Geruch – verändert euren Herzschlag und zeigt sich auf dieser kleinen Aufzeichnungsplatte. Ich könnte euch dadurch zeigen, ob ihr ein Geheimnis habt, das ihr zu verbergen sucht, so leicht, wie ich zeigen kann, welche Wirkung Whisky auf Euch hat, oder wie ich erfahren kann, ob dieser Mann den Geruch von Zwiebeln mag.«

Er nahm von dem freien Essen an der Theke eine Scheibe Zwiebel, die er dem Mann unter die Nase hielt.

»Ah! Sie mögen keine Zwiebel! Aber der Whisky wird Sie ihren Geruch vergessen lassen, nehme ich an.«

Als der Geruch des Whiskys die Nasenlöcher des Mannes erreichte, begann die Aufzeichnungslinie – die, als er an der Zwiebel roch, plötzlich abgeflacht war und deren Ausschläge näher beieinander lagen, da der Puls schwach, aber schneller schlug – wieder die Form anzunehmen, die sie anfangs hatte.

Er trank den Alkohol, behielt ihn eine Weile auf der Zunge, und alle sahen, wie die Aufzeichnung sich kaum veränderte. Dann, als das Stimulans zu wirken begann, reagierte die Bleistiftspitze stärker und die Ausschläge gingen weiter auseinander.

Die Leute drum herum starrten hin und lachten.

»Der Whisky wirkt bei Ihnen etwa normal, würde ich sagen.«

Trant begann damit, den Sphygmographen vom Handgelenk des Mannes zu lösen.

»Ich habe gehört, dass schwarzhaarige Männer wie Sie die Wirkung am wenigsten spüren und hellhaarige Männer mehr. Männer mit rotem Haar wie ich spüren die größte Wirkung, heißt es. Wir rothaarigen Männer müssen mit Whisky vorsichtig sein.«

»He! Da ist ein rothaariger Mann«, rief plötzlich einer aus der Menge und zeigte auf ihn. »Probieren Sie es an ihm aus.«

Sofort lösten sich zwei enthusiastische Männer aus der Gruppe und eilten eifrig zu Meyan hin. Er hatte weiterhin unaufmerksam seine Zeitung gelesen, aber jetzt legte er sie weg.

Trant und der junge Edwards konnten, als er sich erhob und sich halb neugierig zu ihnen herüberbeugten, zum ersten Mal deutlich sein starkknochiges, plumpes Gesicht und die schwer bewimperten Augen sowie die grobschlächtigen Muskeln seines massigen Körpers sehen.

»Pah! Euer verwässerter Whisky«, höhnte er mit seltsam dicker und schwerer Stimme, als ihm der Test erklärt worden war. »Ich bin an stärkere Getränke gewöhnt!«

Er grinste spöttisch in die umstehenden Gesichter, schob einen Stuhl an den Tisch und setzte sich.

Trant warf einen Blick in Richtung von Edwards, und dieser entfernte sich lautlos von der Gruppe und verschwand unbemerkt durch die Tür in der Trennwand.

Dann justierte der Psychologe rasch den Sphygmographen an seinem ausgestreckten Arm und beobachtete ihn einen Augenblick lang aufmerksam, bis die Bleistiftspitze den starken und gleichmäßigen Puls eingefangen hatte, der sie in perfektem Rhythmus steigen und fallen ließ.

Als er sich zur Bar hindrehte, um den Whisky bringen zu lassen, schlug die hintere Tür zu und die Stimme, die Trant erwartet hatte, sprach: »Ja, es war in Warschau, als die Polizei ihn mitnahm. Er wurde ohne Vorwarnung aus dem Haus seines Freundes geholt. Wie geht es weiter? Die Gefängnisse sind voll, aber sie füllen sie immer weiter; als Nächstes werden die Friedhöfe voll sein!«

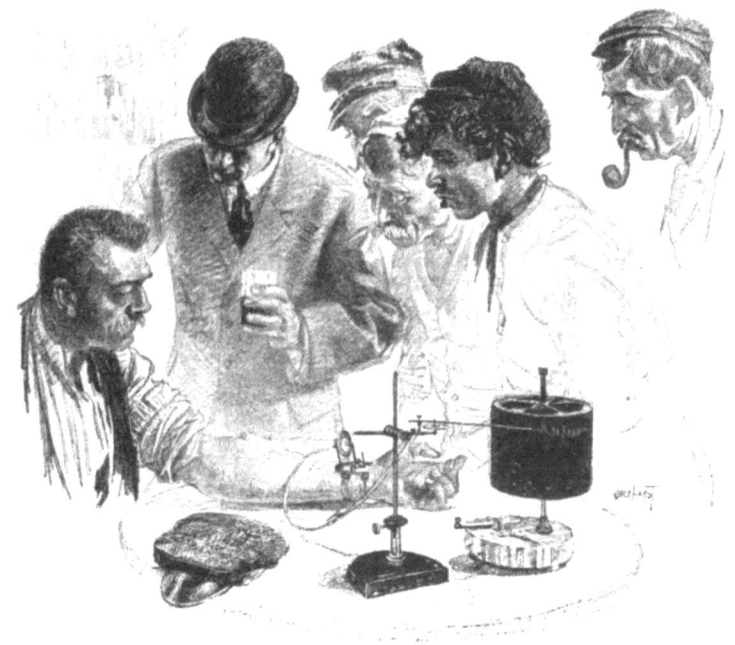

»Seht doch! Seht doch!«, rief der Litauer, der neben Trant am Tisch gesessen hatte. »Eben hat er noch wegen des gewässerten Whiskys geprahlt, aber allein der Anblick lässt sein Herz fester und stärker schlagen!«

Trant beugte sich eifrig über das geschwärzte Papier und beobachtete den stärkeren, aber langsameren Pulsschlag, den die Aufzeichnung zeigte.

»Ja, noch bevor er den Whisky getrunken hat, wurde sein Puls stärker«, antwortete Trant, »denn so verhält sich der Puls, wenn ein Mann erfreut ist und jubelt!«

Er wartete und war nun fast uninteressiert, während Meyan den Whisky austrank und die anderen wie nach einer Niederlage verstummten, als der Puls des Riesen getreu seiner Prahlerei, fast keine Veränderung unter dem starken Getränk zeigte.

»Lassen Sie diese kindlichen Torheiten!« Mit ruhiger Hand stellte Meyan das Glas zurück auf den Tisch.

Dann, als Trant die Riemen um seinen Arm löste, erhob er sich, gähnte den Umstehenden ins Gesicht und schlenderte aus dem Lokal.

Der Psychologe drehte sich herum und ging dem jungen Edwards entgegen, als dieser hereinstürmte. Gemeinsam gingen sie hinaus, um sich dem Vater am wartenden Auto anzuschließen.

»Wir können nichts vor heute Abend tun«, sagte Trant kurz und mit einem Ausdruck großer Besorgnis auf seinem Gesicht. »Ich muss mehr über diesen Mann erfahren, aber meine

Nachforschungen müssen allein durchgeführt werden.«

»Wenn Sie mich heute Abend um sieben Uhr wieder hier treffen, sagen wir in dem Pfandleihhaus, an dem wir an der Ecke vorbeigekommen sind, hoffe ich, das Geheimnis des hämmernden Mannes und den Einfluss, den er zweifellos auf Miss Silber ausübt, lösen zu können.«

»Ich darf sagen«, fügte er nach einem Moment hinzu, »dass ich der Aussage des Kindes, Miss Silber sei die Frau von Meyan, nicht allzu viel Gewicht beimessen würde. Es versteht sich also von selbst, dass Sie mich heute Abend hier treffen, wie ich es vorgeschlagen habe.«

Er nickte seinen Auftraggebern zu und lief zu einer herankommenden Straßenbahn.

IV. Mit Nerven aus Stahl

Pünktlich um sieben Uhr, gemäß Trants Anweisungen, betraten der junge Winton Edwards und sein Vater das Pfandleihhaus und begannen mit einer Verhandlung über einen Kredit.

Fast unmittelbar, nachdem sie dort angekommen waren, gesellte sich Trant zu ihnen, immer noch mit seinem Instrumentenkoffer in der Hand. Der Junge und sein Vater beendeten sogleich ihre Verhandlung und gingen mit Trant hinaus auf die Straße.

Dort sahen sie zu ihrer Überraschung, dass der Psychologe nicht allein war. Zwei weitere Männer warteten auf sie, von denen jeder einen Koffer wie den von Trant trug.

Der ältere der beiden, ein Mann zwischen fünfzig und sechzig Jahren, begegnete dem jungen Edwards mit einem wohlwollenden Blick aus seinen blassblauen Augen durch eine riesige goldfarbene Brille hindurch.

Der andere war jünger, blass, mit dicken Augenbrauen, einem intelligenten Gesicht, und sein starrer Blick erschien fast verträumt. Sie waren als Mechaniker gekleidet, aber ihre allgemeine Erscheinung war nicht die von Arbeitern.

Die Tür von Meyans Wohnhaus wurde ihnen von der Vermieterin geöffnet. Sie führte den Weg in den zweiten Stock, hielt aber inne, um Trant ein Zimmer zu zeigen.

»Ist das Meyans Zimmer?«, fragte Trant. »Dann werden wir woanders auf ihn warten.«

Er folgte der Frau in ein kleines und stickiges Schlafzimmer auf der anderen Seite des Flurs.

»Wir sollten nicht sprechen, während wir warten, und – es ist besser, wenn wir im Dunkeln bleiben.«

In dem seltsamen, stickigen, abgedunkelten kleinen Zimmer setzten sich die fünf schweigend hin. Draußen auf der Straße gingen öfters Schritte vorbei, und zweimal ging jemand durch den Flur.

Eine halbe Stunde warteten sie so. Dann warnten sie schwere Tritte vor Meyans Kommen.

Eine Minute später öffnete sich die Haustür erneut und Eva Silber kam herein. Trant spürte dies an der ersten Reaktion des Mannes, der an seiner Seite wartete.

Nach einigen Minuten drehte Trant das Licht auf und gab den beiden Fremden, die mit ihm gekommen waren, ein Zeichen. Sofort erhoben sie sich und verließen den Raum.

»Ich werde Sie einer sehr schwierigen Prüfung unterziehen«, sagte Trant zu seinen Auftraggebern in einem so leisen Ton, dass er den Flur nicht erreichte, »und es wird große Selbstbeherrschung von Ihnen erfordern.«

»In fünf, hoffentlich höchstens zehn Minuten werde ich Sie in Meyans Zimmer führen, wo Sie unter anderem Meyan selbst und Miss Silber vorfinden werden.«

»Sie müssen mir versprechen, dass keiner von Ihnen versuchen wird, Miss Silber zu befragen oder mit ihr zu reden, bis ich Ihnen die Erlaubnis gebe. Ich könnte Ihnen sonst nicht gestatten, dort hineinzugehen, und ich habe meine eigenen Gründe, warum ich Ihre Anwesenheit dort wünsche.«

»Wenn es unbedingt notwendig ist, Mr Trant«, sagte der ältere Edwards.

Trant sah den jungen Mann an, der daraufhin zustimmend nickte.

»Danke«, sagte der Psychologe, ging hinaus und schloss die Tür hinter ihnen.

Trotz Trants Versprechen, sie in zehn Minuten zu rufen, war eine Viertelstunde vergangen, bevor der Psychologe erneut die Tür öffnete und sie in das Zimmer führte, das sie bereits als das von Meyan kannten.

Der lange Tisch in der Mitte des Raumes war abgeräumt worden, und dahinter saßen drei Männer in einer Reihe.

Zwei von ihnen waren die Fremden, die mit Trant gekommen waren, und die Koffer, die sie getragen hatten, standen zusammen mit dem, den Trant selbst mitgebracht hatte, offen unter dem Tisch.

Der Mann, der zwischen diesen beiden saß, war Meyan. In der Nähe des Tisches stand Miss Silber.

Bei ihrem Anblick machte Winton Edwards einen raschen Schritt nach vorn, bevor er sich an sein Versprechen erinnerte und sich zurückhielt.

Eva Silber war leichenblass geworden. Sie stand jetzt da, die kleinen Hände fest an ihre Brust gepresst, und starrte in das Gesicht des jungen Amerikaners, den sie liebte.

Trant schloss die Tür und verriegelte sie.

»Wir können jetzt anfangen, denke ich«, sagte er.

Er beugte sich sofort über die Instrumentenkoffer und holte aus ihnen drei zusammenfaltbare Sichtschirme hervor, etwa achtzehn Zoll im Quadrat, wenn sie auseinandergezogen waren, und stellte sie auf den Tisch – einen vor jedem der drei Männer.

An der Unterseite jedes Schirms befand sich ein kreisförmiges Loch, das gerade groß genug war, um den Arm eines Mannes durchzulassen, und auf Trants Kommando steckten die Männer ihre Arme hindurch.

Wieder beugte sich Trant schnell über die Instrumentenkoffer und nahm drei Sphygmographen heraus, die er rasch an den Armen der drei Männer anbrachte.

Er setzte die Drehtrommel in Bewegung. Auf ihr zeichneten die Bleistiftspitzen ihre Wellenlinien auf dem geschwärzten Papier nach.

Seine Auftraggeber, die sich interessiert nach vorne lehnten, konnten jetzt den Zweck der Schirme verstehen, welche die unzweifelhaft genauen Aufzeichnungen vor den drei Männern verbergen sollten.

Mehrere Minuten lang ließ Trant die Instrumente leise laufen, bis sich die Männer von der Nervosität, die am Beginn des Tests verursacht wurde, erholt hatten.

Nach einer Pause sagte er: »Ich werde Miss Silber bitten, uns jetzt so kurz wie möglich die Umstände der Verbindung ihres Vaters mit der russischen Revolution zu erzählen, die ihn in den Zustand gebracht hat, den Sie gesehen haben, und die Gründe, warum sie den jungen Mr Edwards verlassen hat, um mit diesem Mann nach Russland zu gehen.«

»Nach Russland?«, unterbrach Winton Edwards.

»Ja, nach Russland!« Die blassen Wangen des Mädchens glühten, als sie sprach.

»Du hast meinen Vater gesehen, wie er heute ist und was sie aus ihm gemacht haben. Du wusstest nicht, dass er ein Russe ist, du hast ihn nur so gesehen, wie er war.«

»Lasst mich Euch sagen, was mein Vater war – Ihr, die Ihr stolz das Abzeichen eurer eigenen amerikanischen Revolution tragt, die in sieben kurzen Jahren von euren Urgroßvätern erkämpft wurde.

»Noch bevor ich geboren wurde – es war im Jahr 1887 – war mein Vater Student in Moskau. Er hatte meine Mutter im Jahr zuvor geheiratet. Der Zar, der fand, dass sogar die Lehren, die man ihm geraten hatte, zu erlauben, die Menschen gefährlich machten, schloss die Universitäten.«

»Vater und seine Mitstudenten protestierten. Sie wurden inhaftiert; und sie hielten meinen Vater, der den Protest angeführt hatte, so lange fest, dass ich drei Jahre alt war, bevor er sein Zuhause wiedersah!«

»Aber Leiden und Gefängnis konnten ihn nicht schrecken! In Zürich, bevor er nach Moskau ging, war er zum Arzt ausgebildet worden. Und als er sah, wie ohnmächtig der Protest der Studenten gewesen war, beschloss er, unter das Volk zu gehen. So machte er sich zum medizinischen Missionar der Ärmsten, der Unterdrückten, der Elendsten; und wo immer er gerufen wurde, um ein Heilmittel für eine Krankheit zu bringen, trug er auch ein Wort der Hoffnung, des Mutes, des Protestes, einen Schrei nach Freiheit mit sich!«

»Eines Nachts in einem furchtbaren Schneesturm«, fuhr sie fort, »vor gerade zwanzig Jahren, brachte ein Bauer einen Zettel an unsere Tür, der, wie es schien, aus Sicherheitsgründen nicht unterschrieben war.«

»Darin wurde Vater mitgeteilt, dass ein entflohener politischer Gefangener in einer Hütte auf einem verlassenen Bauernhof, zehn Meilen von der Stadt entfernt, an Entbehrung und Hunger sterben würde.«

»Mein Vater eilte zu seinem Pferd und machte sich auf den Weg mit Lebensmitteln und Holzscheiten, und am Morgen erreichte er durch die Kälte und den tiefen Schnee den Ort. Dort fand er einen Mann, der anscheinend am Erfrieren war, und gab ihm zu essen und wärmte ihn«, erzählte das Mädchen.

»Und, als der Bursche in der Lage war, seine jämmerliche Geschichte zu erzählen, ermutigte ihn Vater kühn, erzählte ihm von der Organisation des Protests, der er angehörte, und schlug ihm vor, sich anzuschließen.«

»Nach und nach erzählte Vater ihm alles, was er getan hatte, und alle seine Pläne. Bei Einbruch der Nacht verabschiedete er sich und wandte sich zur Tür, wo er sich einem Spion gegenüber sah, der ihm eine Pistole an den Kopf hielt.«

»In dem folgenden Kampf konnte Vater ihn nur mit dem stumpfen Messer, das sie beim Essen benutzt hatten, an der Brust verwunden, bevor der Spion einen zweiten Verbündeten vom Dachboden herunterrief und Vater überwältigt wurde.«

»Aufgrund der Informationen wurde mein Vater ohne irgendeinen Prozess zu lebenslanger Isolationshaft in einer unterirdischen Zelle verurteilt. Vaters Freunde konnten nur herausfinden, dass der Name seines Verräters Valerian Urth war.«

»Meine Mutter wurde – weil sie einem vermeintlichen Sträfling Essen und Feuerholz schickte – nach Sibirien verbannt! Vor zehn Jahren erhielt ihre Schwester, die mich zu sich nahm, die Nachricht, sie sei auf der Sträflingsinsel Sachalin gestorben; aber mein Vater« – sie schnappte nach Luft – »war wenigstens noch am Leben!« Sie hielt so plötzlich inne, wie sie begonnen hatte.

Trant, der sich vorgebeugt hatte, um seine Aufzeichnungen genauer zu betrachten als der Name des Polizeispions erwähnt wurde, hielt seinen Blick immer noch fest auf seine Instrumente gerichtet.

Dann gab er dem Mädchen ein Zeichen, ihre Erzählung zum Ende zu bringen.

»Vor einigen Jahren«, sagte sie, »als ich achtzehn war, verließ ich die Schwester meiner Mutter und ging zurück zu den Freunden meines Vaters – zu denen, die noch frei waren«, fuhr sie fort.

»Viele, die mit ihm für die Organisation gearbeitet hatten, waren gefangen oder verraten worden. Aber andere und immer mehr waren an ihre Stelle getreten, und sie hatten Arbeit für mich.«

Ich konnte mich bewegen und weniger Misstrauen erwecken als ein Mann. So half ich, die Streiks vorzubereiten, die schließlich den Zaren so erschreckten, dass er am dreißigsten Oktober sein Manifest zur Befreiung der Gefangenen erließ.«

»Ich hatte anderen geholfen, meinen Vater zu befreien, und nahm ihn dann mit nach Ungarn, wo ich ihn zunächst bei Freunden ließ, während ich hierherkam.«

»Verstehst du jetzt, warum ich zurückkehre?«

»Sie wandte sich in einem mitleiderregenden Appell an den jungen Edwards. »Es ist, weil es in Russland wieder Arbeit für mich gibt.«

Sie nahm sich wieder zusammen und drehte sich zu Trant um, um zu sehen, ob er sie zwingen würde, trotzdem weiterzumachen.

Er aber blickte aufmerksam, fast fasziniert, auf den seltsamen hämmernden Mann und die beiden für ihn Fremden, die neben ihm saßen; doch er betrachtete weder ihre Gesichter noch ihre Bewegungen. Seine Augen folgten den kleinen Bleistiftspitzen, die vor jedem der drei unablässig ihre Linien der Aufzeichnung nachzeichneten.

Dann holte er schnell ein gefaltetes Papier aus der Tasche, vergilbt vom Alter, abgenutzt, zerknittert und durchlöchert von Nadelspuren.

Vor den Augen aller breitete er es schnell auf dem Tisch vor den dreien aus, faltete es wieder zusammen und steckte es in seine Tasche.

Obwohl sich bei diesem Anblick in keinem der Gesichter von den dreien eine Reaktion zeigte, konnten selbst Trants Auftraggeber sehen, wie sich eine Linie auf dem Papier nun plötzlich veränderte, während die anderen Aufzeichnungen neben ihm unverändert blieben; es war die Linie des Mannes in der Mitte.

»Das ist alles«, sagte Trant in einem Ton des sicheren Triumphs, während er die Sphygmographen von ihren Handgelenken abschnallte.

»Sie können jetzt sprechen, Mr Edwards.«

»Eva!«, rief Winton Edwards mit wilder Stimme aus. »Du bist doch nicht mit diesem Mann verheiratet?«

»Verheiratet? Nein!«, rief das Mädchen entsetzt aus.

»Bis letzten Donnerstag, als er ins Büro kam, hatte ich ihn noch nie gesehen. Aber er ist gekommen, um mich für die Sache zu rufen, die für mich höher und heiliger sein muss als die Liebe.«

»Ich muss meine Liebe für die Sache Russlands aufgeben. Ich muss gehen und unsere Soldaten auf dem Schlachtfeld pflegen. Man hat mir volle Begnadigung versprochen, wenn ich das tue.«

Meyan verließ nun mit einer heftigen, schlaksigen Bewegung seines muskulösen Körpers seine beiden Nebenmänner am Tisch und stellte sich neben das Mädchen.

»Hat irgendjemand von euch ihr noch etwas zu sagen, bevor sie mit mir nach Russland zurückfährt?«

»Ihr nicht«, antwortete Trant. »Aber Ihnen – und diesen Herren«, er wies auf die beiden, die mit Meyan am Tisch gesessen hatten, »muss ich das Ergebnis meiner Prüfung mitteilen, auf das sie warten.«

»Dieser ältere Herr ist Iwan Munikow, der vor acht Jahren gezwungen war, Russland zu verlassen, weil er mit seiner Broschüre über 'Unveräußerliche Rechte' den Unmut der Polizei auf sich gezogen hatte.«

»Der jüngere Herr ist Dmitri Vasili, der im Alter von dreizehn Jahren wegen politischer Vergehen nach Sibirien verbannt wurde, aber nach Amerika entkam. Sie sind beide Mitglieder der russischen revolutionären Organisation in Chicago.«

»Dieser Test – dieser Test«, rief Vasili – während sich der Psychologe in diesem Moment zu Meyan umdrehte – »hat so eindeutig und unwiderlegbar gezeigt, wie ich es nur hoffen konnte, dass dieser Mann nicht der Revolutionär ist, der er vorgibt zu sein, sondern, wie wir vermutet haben, ein Agent der russischen Geheimpolizei.«

»Und nicht nur das! Es hat sich ebenso wahrhaftig gezeigt – obwohl diese Tatsache von mir zunächst überhaupt nicht vermutet wurde – dass er, dieser Agent der Polizei, der die Tochter jetzt verraten und nach Russland zurückgebracht hätte, um sie für ihre Beteiligung an der früheren Agitation zu bestrafen, derselbe Agent ist, der vor zwanzig Jahren den Vater, Herman Silber, verraten hat und ins Gefängnis brachte.

Welchen Namen er auch immer hat, aber dieser Mann, der sich jetzt Meyan nennt, nannte sich damals Valerian Urth!«

»Valerian Urth!«, rief Eva Silber und taumelte zurück in die Arme von Winton Edwards.

Doch Meyan machte eine verächtliche Geste mit seinen riesigen, fetten Händen. »Bah! Sie wollen so etwas mit ihrem törichten Test beweisen?«

»Dann werden Sie sich natürlich nicht weigern«, forderte Trant streng, »uns zu zeigen, ob Sie eine Messernarbe auf der Brust haben?«

Noch während Meyan sein Leugnen wiederholte, sprangen Vasili und Munikov aus dem hinteren Teil des Raumes und rissen ihm das Hemd herunter.

Der Psychologe rieb und schlug auf die Stelle auf der Brust. Das Blut stieg an die Oberfläche und enthüllte die dünne Linie einer fast unsichtbaren und von der Zeit verdeckten Narbe.

»Unser Fall ist aufgeklärt, denke ich!«, sagte Trant.

Der Psychologe wandte sich von den beiden ab, die hasserfüllt auf den kauernden Spion starrten, und schaute sich wieder seine Auftraggeber an.

Er schloss die Tür auf und reichte Munikov den Schlüssel.

Dann nahm er seine Instrumentenkoffer und Aufzeichnungsblätter, verließ mit Miss Silber und seinen Klienten das Zimmer und betrat mit den dreien das Wohnzimmer der Hausherrin.

V. Wissenschaftliches Vorgehen

»Als ich heute Morgen den Brief von Mr Edwards erhielt«, sagte Trant als Antwort auf die Fragen, die auf ihn einprasselten, »war mir sofort klar, dass die von ihm beigefügte Zeitungsanzeige denn Sinn hatte, Eva Silber an ein Ereignis zu erinnern, das nicht nur für sie selbst von größter Wichtigkeit war, sondern auch der Wortwahl nach von allgemeiner oder nationaler Bedeutung.«

»Sie sagten mir weiter, dass der 30. Oktober bei Miss Silber ein besonderer Feiertag sei.«

»Das war, wie ich herausfand, das Datum des Freiheitsmanifestes des Zaren und der Amnestieerklärung für die politischen Gefangenen. Sofort wurde es mir klar: Eva Silber war eine Russin. Der Unterschied zwischen dem in den Anzeigen angegebenen siebzehnten und dem dreißigsten Tag ist nur der gegenwärtige Unterschied zwischen dem in Russland verwendeten Kalender alten Stils und unserem.«

»Bevor ich also in die Crerar-Bibliothek ging, war klar, dass wir es mit einer russischen revolutionären Intrige zu tun hatten«, fuhr er fort.

»In der Bibliothek besorgte ich mir den Code zur Verschlüsselung und übersetzte die Anzeige, wobei ich den Namen von Meyan und seine Adresse erfuhr, ebenso wie den Namen und die Adresse von Dmitri Vasili, einem bekannten revolutionären Schriftsteller.«

»Als ich ihn kontaktierte, wusste Vasili zu meiner Überraschung nichts von einem Revolutionär namens Meyan. Es war unvorstellbar, dass ein revolutionärer Abgesandter nach Chicago kommen sollte und er nichts davon wusste. Es wurde als notwendig, Meyan sofort zu finden.«

»Mein erster direkter Anhaltspunkt war das Hämmern, das wir in diesem Haus hörten. Es wäre zu viel gewesen, anzunehmen, dass in zwei verschiedenen Fällen dieses Hämmern zu hören und in jedem Fall Evas Vater anwesend war, und kein anderer erkennbarer Akteur, und dass er trotzdem nichts damit zu tun haben sollte.«

»Folglich musste es Herman Silber gewesen sein, der das Hämmern in Evas Haus und hier in diesem neuen Haus gemacht hatte, in der gleichen Art wie das im Büro von einem anderen Mann. Es war auch offensichtlich, dass Herman Silber derjenige war, der mit 'die Deinen' in der Anzeige bezeichnet wurde.«

»Meyan zu testen, den wir im Salon vorfanden, war nicht schwierig«, sagte Trant.

»Ich arrangierte, dass er jemanden über eine Verhaftung in Warschau sprechen hörte, was sich sofort, sowohl für einen Revolutionär als auch einen Polizeispitzel, als heiße Nachricht erweisen und mit Sicherheit positive oder sehr entgegengesetzte Reaktionen hervorrufen würde, wenn der Mann emtweder ein echter Revolutionär oder ein Spion ist.«

»Meyans Puls beschleunigte und verlangsamte sich so sehr – wie unter einem starken Reiz – dass ich das Gefühl hatte, eine Bestätigung für meinen Verdacht erhalten zu haben, obwohl ich zu diesem Zeitpunkt noch nicht die Information hatte, die es mir ermöglichen würde, den Mann zu entlarven.«

»Um diese zu erhalten, suchte ich Dmitri Wassili auf. Er stellte mich Munikov vor, der vor seiner Inhaftierung ein Freund von Silber gewesen war, und von ihnen bekam ich die Geschichte von Herman Silber und seiner Tochter.«

»Ich habe Munikow und Wassili erklärt, dass die Methoden des psychologischen Labors bei der Erkennung eines Spions unter den normalen Menschen ebenso wirksam sind, wie ich sie schon oft bei der Überführung eines Verbrechers bewiesen habe.«

»Jede Emotion hat Einfluss auf den Puls, der bei Freude stärker und bei Trauer schwächer wird und sich bei Wut und Verzweiflung verändert; und da jede kleinste Veränderung, die er erfährt, vom Sphygmographen festgestellt und registriert werden kann, fühlte mich sicher, die drei Männer zusammen testen zu können, indem ich Miss Silber die Geschichte ihres Vaters laut erzählen ließ.«

»Durch den Vergleich der Aufzeichnungen der beiden wahren Revolutionäre mit denen von Meyan könnte ich schlüssig feststellen, ob seine Sympathien wirklich bei der revolutionären Partei lagen.«

»Ich verabredete mit Munikow und Wassili, dass sie heute Abend mit mir hierherkommen sollten, und nachdem Meyan eingetroffen war, verließen sie uns hier und gingen als Vertreter der revolutionären Bewegung zu ihm, um ihn nach irgendeinem Nachweis seiner Berechtigung zu fragen.«

»Als er diesbezüglich nichts vorweisen konnte«, fuhr Trant fort, »schlugen sie ihm diesen Test vor – oder eher – sie zwangen ihn förmlich dazu.«

»Es ist eine gefährliche Sache, sich als falscher Revolutionär auszugeben, und es war sicherer für ihn, sich einem Test zu unterziehen, als seine Mission zu vereiteln, indem er sich nicht nur einen Verdacht, sondern möglicherweise den Tod einhandelte.«

»Völlig unwissend über die erbarmungslosen Kräfte psychologischer Methoden und im Vertrauen auf seine stählernen Nerven, die ihn zweifellos durch viele einschneidendere Torturen gebracht haben, willigte er ein.«

»Sie haben gesehen, wie perfekt er sein Gesicht und jede Bewegung seines Körpers kontrollieren konnte, während der Test stattfand.«

Trant breitete seine Streifen geschwärzten Papiers aus.

»Sie können sie hier auf den Aufzeichnungen sehen – die ich als Beweis sichern werde, indem ich sie durch ein Firnisbad laufen lasse – wie nutzlos diese Selbstbeherrschung war, da der Sphygmograph mit seinem sich bewegenden Bleistift die verborgenen Gefühle seines Herzens schonungslos aufzeichnete.«

»Wenn ich diese nebeneinanderlege, können Sie sehen, wie stetig an jedem Punkt der Geschichte

Munikov und Vasili die gleichen Gefühle erlebten; aber Meyan Gefühle hatte, die anders waren.«

»Als ich den Test begonnen hatte, träumte ich natürlich nicht einmal davon, dass ich in Meyan auch denselben Mann entdecken würde, der Herman Silber verraten hatte.«

»Erst als ich bei ihrer ersten Erwähnung von Valerian Urth von Meyan diese verblüffende und bemerkenswerte Aufzeichnung erhielt« – er deutete auf eine Stelle, wo sich die Linie plötzlich veränderte – »wurde mir klar, dass der Mann vor mir, wenn er nicht selbst Urth war, zumindest eine enge und unter den gegebenen Umständen erdrückende Verbindung zu ihm hatte.«

»Sie, Eva Silber, hatten noch den Zettel, der ihren Vater zu seiner Hilfeleistung gerufen und dann zu seiner Inhaftierung geführt hatte. Sie gaben ihn mir, bevor Sie das Zimmer betraten.«

»Ich war mir sicher, dass es von allen Menschen auf der Welt nur einen gab, der beim Anblick dieses vergilbten und abgenutzten Papiers irgendeine Regung erkennen oder empfinden konnte; und dieser Mann war Valerian Urth, der es benutzt hatte, um Herman Silber zu verraten.«

»Ich ließ es Meyan sehen und erhielt diese wirklich erstaunliche Reaktion, die seine Aufzeichnung beendet.« Der Psychologe zeigte auf sie.

»Das versicherte mir, dass Meyan und Urth ein und dieselbe Person waren.«

»Das ist erstaunlich, Mr Trant«, sagte Cuthbert Edwards, »aber Sie haben das verwirrendste Merkmal von allem unerklärt gelassen – das Hämmern!«

»Um von ihren Einzelzellen aus miteinander zu kommunizieren«, sagte Trant, »haben russische Gefangene vor langer Zeit einen Code erfunden, bei dem sie Buchstaben durch Klopfen an die Wand buchstabieren – ein Code, der weit verbreitet und jedem Revolutionär bekannt ist.«

Trant holte einen Zettel aus seiner Tasche.

»Er ist sehr einfach; die Buchstaben des Alphabets sind in einer bestimmten Weise angeordnet.«

Er schrieb schnell das Alphabet auf, wobei er zwei Buchstaben ausließ, die in vier Zeilen angeordnet waren, und zwar so:

a b c d e f
g h i k l m
n o p r s t
u v w x y z

»Man signalisiert einen Buchstaben mit einem Code«, erklärte der Psychologe, »indem man zuerst durch eine bestimmte Anzahl von Klopfzeichen die Zeile angibt, danach eine kurze Pause macht und dann die Klopfzeichen für die Position des Buchstabens in der Zeile. Zum Beispiel ist 'e' einmal Klopfen und dann fünf; 'y' ist viermal Klopfen und dann fünf.«

Ich nahm an, dass hier das englische Alphabet gebraucht wurde, da es auch um einen englischen Straßennamen ging:

»Mithilfe dieses Codes übersetzte ich die Zahlen in der Anzeige und erhielt Meyans Namen und Adresse.

N.M. 15,45,11,31,7,13,32,45,13,36.

N.M eyan, 7, Coy Ct.

Ich nehme an, er benutzte ihn nicht nur in der Anzeige, sondern auch im Büro, wo er es war, der gehämmert hatte.

Seine lange Erfahrung hatte ihn gelehrt, dass Herman Silber, wie manch anderer Mann, der zu den Schrecken eines russischen Gefängnisses für eine Reihe von Jahren verurteilt worden war, wahrscheinlich die Kraft der Sprache verloren und in Freiheit weiterhin mit den Mitteln kommunizierte, die er so viele Jahre im Gefängnis benutzt hatte – und dies später auch bei Eva tat.«

»Wunderbar, Mr Trant, wunderbar!«, rief Cuthbert Edwards aus. »Ich bedauere nur, dass wir Meyan nichts anhaben können; denn es gibt, glaube ich, kein Gesetz, nach dem er bestraft werden kann.«

Das Gesicht des Psychologen verfinsterte sich. »Rache ist nicht unsere Sache«, antwortete er schlicht. »Aber ich habe den Schlüssel von Meyans Zimmer an Munikow übergeben!«

Der ältere Edwards räusperte sich, ging zu Eva hinüber und legte seinen Arm um sie, als wolle er sie beschützen. »Da du einsehen musst, dass du nicht nach Russland zurückkehren kannst, meine Liebe«, sagte er unbeholfen, »wirst du es mir dann gestatten, dich an deinem Platz in meinem Hause zu begrüßen?«

Und während der Sohn schnell nach vorne sprang und die Hand seines Vaters ergriff, nahm Trant seine Instrumentenkoffer unter den Arm und ging allein in die warme Aprilnacht hinaus.

EIN SPEZIELLER SERVICE

In der ersten Juliwoche ereignete sich im Montview Hotel in Denver ein an sich eher unbedeutender, aber in seinen möglichen Folgen keineswegs trivialer Vorfall.

Er erregte die Neugier von Goebel, dem ansässigen Manager, so sehr, dass er ihn an Steve Faraday, den Besitzer des Montview und einem halben Dutzend anderer Faraday-Hotels, weiterleitete, als dieser ein paar Tage später im Hochsommer auf seiner regelmäßigen Inspektionsrunde vorbeikam.

»Unser Register vom 15. März vor drei Jahren ist plötzlich für jemanden sehr wichtig geworden«, berichtete Goebel.

»Wie wichtig?«, fragte Steve.

»Alles, was ich im Moment weiß, ist, dass letzte Woche – es war am Montag – ein gut aussehender, sehr attraktiver junger Mann hereinkam, englisch aussehend und wie ein Engländer sprechend, als ich zufällig am Empfang war.«

»Er fragte nach unserem Register für den Monat März drei Jahre zurück, und er sagte, er sei ein Anwalt für eine Partei in einem Rechtsstreit und wollte anhand unserer Unterlagen beweisen, dass ein Franklin Smith am 13. März in New York und nicht in Denver war. Es wurde aus dem Aktenraum geholt und ich ließ ihn in das Register schauen.«

»In Ordnung«, sagte Steve, der aufmerksam bei der Sache war.

»Er schien in Ordnung zu sein«, fuhr Goebel fort. »Also habe ich ihn nicht genau beobachtet. Er schaute ein paar Minuten über das Buch, drehte es zu mir zurück und bedankte sich sehr höflich. Ich weiß noch, dass ich ihn fragte: 'War Ihr Mann hier?'«

»'War er nicht. Das wollte ich ja sehen', sagte er. Dann ging er hinaus, und niemand von uns hier sah ihn wieder; aber am Mittwoch Abend war das Buch verschwunden.«

»Wie verschwunden?«

»Es wurde aus dem Aktenraum gestohlen. Der zuständige Sachbearbeiter meldete mir einen Band als vermisst. Es war das Buch für März vor drei Jahren.«

»Sie hatten es aber in den Aktenraum zurückgebracht?«

»Ja.«

»Und niemand vom Personal hatte es wieder herausgenommen?«, fragte Steve.

Der Verlust eines drei Jahre alten Registers hätte er nicht als wichtig angesehen, wäre da nicht Goebels offensichtliches Interesse gewesen.

Steve war jedoch der Meinung, dass Goebel, obwohl er ein ausgezeichneter Manager war, dazu neigte, kleine Vorfälle zu übertreiben.

»Nein; niemand vom Personal hatte es herausgeholt«, antwortete Goebel mit Bestimmtheit.

»Der Sachbearbeiter in der Registratur ist sich sicher, dass es aus dem Haus gebracht wurde. Ich dachte natürlich an den Engländer, der am Montag danach gefragt hatte. Es sah für mich so aus, als ob er, da er an einem Rechtsstreit arbeitete, eine Akte vernichtet haben wollte. Aber am nächsten Abend war das Buch wieder da.«

»Wer hat es zurückgegeben?«

»Das wissen wir nicht. Aber es war wieder an seinem Platz.«

»Mit all seinen Seiten?«

»Ja; nichts war herausgerissen worden.«

»Was wurde dann damit gemacht?«

»Ich sah mir zuerst die Seiten für den 13. März an.«

»Ich hatte gedacht, dass er es vielleicht genommen hatte, um einen Eintrag über seinen Franklin Smith zu ändern. Auf den Seiten für den Dreizehnten stand aber kein Smith, doch beim Fünfzehnten habe ich das hier gefunden:«

Goebel öffnete das große Buch, das recht sperrig in seiner festen Bindung war, und Steve ließ seinen Blick über die Liste der Namen in den verschiedenen Handschriften der Gäste von vor drei Jahren und vier Monaten schweifen:

A.G. Sprague und Frau ... Pueblo.

H.E. Henty ... St. Louis, Mo.

Arlo Kane, Mrs. Kane und Dienstmädchen ... N.Y. City.

L.B. Hougham-Stearns und Sohn und Diener ... London.

»Die vierte Zeile«, forderte ihn Goebel auf und hielt Steve ein Vergrößerungsglas hin. »Sehen Sie es sich jetzt an.«

»Der Name sieht in Ordnung aus.«

»Aber danach 'und Sohn und Diener'. Ist das 'und Sohn' nicht enger zusammengeschrieben und die Tinte bei diesen beiden Wörtern neuer?«

»Sie meinen, das wurde seit dem ursprünglichen Eintrag geändert, der lautete 'L.B. Hougham-Stearns und – '«

» – 'und Diener'«, sagte Goebel.

»Aber ursprünglich war, glaube ich, ein kleiner Leerraum zwischen dem Namen und 'und Diener', und jemand hat kürzlich 'und Sohn' hineingeschrieben.«

»Ich habe dann den Rest des Buches nach diesem Datum durchgesehen. Es gibt da noch andere enger geschriebene Einträge und mehrere Ausradierungen. Sie wurden aber alle offensichtlich im regulären Geschäftsverlauf vorgenommen; aber dieser hier, da bin ich sicher, ist frisch.«

»Was halten Sie davon?«, fragte Steve, immer noch unsicher, ob der Eintrag verändert worden war.

»Es könnte sehr wichtig für jemanden sein, um zu beweisen, dass der Sohn von L. B. Hougham-Stearns aus London vor drei Jahren im März des betreffenden Jahres hier bei ihm war, ebenso wie der Diener.«

»Also kam er oder jemand anderes für ihn herein und schaute sich den Eintrag an, überlegte, wie er geändert werden könnte, holte das Buch, nahm die Änderung vor und gab es in unseren Besitz zurück, damit er später beweisen konnte, was immer ihm wichtig ist zu beweisen.«

»Hm? – wer ist L.B. Hougham-Stearns, aus London?«

»Ich erinnere mich überhaupt nicht an ihn; aber Sie können aus dem Register sehen, dass er unsere beste Suite hatte, und vorgestern stand etwas in einer Zeitung.«

Goebel reichte Steve einen Ausschnitt aus einer Zeitung in Los Angeles, und Steve las:

'Sussex House in Südkalifornien, das Haus von L.B. Hougham-Stearns, der vor etwa drei Jahren aus London nach Kalifornien kam, steht angeblich zum Verkauf. Mr Hougham-Stearns kam aufgrund seines Gesundheitszustandes nach Kalifornien. Als sich dieser so sehr besserte, hatte er beschlossen, sich niederzulassen, und er tätigte immense Landkäufe. Vor Kurzem hatte sich seine Gesundheit wieder verschlechtert, und obwohl er Kalifornien sehr reizvoll findet, riefen ihn sentimentale Bindungen nach England zurück.'

»Hm!«, sagte Steve und überlegte.

Wenn der Eintrag im Register wirklich geändert worden war, deutete das Auftauchen einer solchen Sache auf etwas von Bedeutung hin.

Andererseits fragte sich Steve, ob Goebel so sicher gewesen wäre, dass der Eintrag hinter dem

Namen von Hougham-Stearns' geändert worden war, bevor er den Zeitungsartikel entdeckt hatte.

»Was sollen wir jetzt am besten tun?«, fragte Goebel.

»Nichts«, sagte Steve, »außer, dass wir das für uns behalten.«

»Wenn dieser Eintrag geändert wurde und das Buch gesucht wird, werden wir davon erfahren.«

»Und noch eines: Haben Sie zufällig irgendetwas unternommen, das den Dieb – ich meine den Entleiher des Buches – darüber informiert hätte, dass Sie es vermissen?«

»Nein.«

»Das ist gut«, sagte Steve. »Dann wird das, was auch immer kommen mag – falls überhaupt etwas kommt – uns mit Sicherheit zu Ohren kommen.«

Steve Faraday, der sechsundzwanzig war, hatte seine Hotels geerbt.

Er hatte sie von seinem Vater als gut gehende, finanziell erfolgreiche und perfekt organisierte Betriebe bekommen; und so war es Steve überlassen, sie in ihrer neuesten und für ihn interessantesten Phase weiterzuentwickeln – dem Eingehen auf den Geschmack, die individuellen Bedürfnisse und sogar die Vorlieben seiner Gäste.

Früher oder später, so wusste Steve, macht fast jeder Mensch in der zivilisierten Welt in einem Hotel halt und oft sogar in der kritischsten Phase seines Lebens.

Steve fand die seltsamen, unerwarteten und unvorhersehbaren Ereignisse, die sich ständig unter den Zehntausenden von Menschen ereigneten, die den Schutz seiner Hotels suchten, das faszinierendste Merkmal seines Geschäfts.

Zu den Geboten, die sein Vater der Organisation hinterlassen hatte und die er wiederholte und zitierte, fügte er ein weiteres hinzu, das er selbst erfunden hatte und das er in solchen Fällen für besonders anwendbar hielt: *'Ein Service, der die Erwartungen des Gastes übertrifft, ist die wirksamste, wenngleich stillste Werbung.'*

In seinem Hotel in St. Louis, wo er vier Tage vor seiner Ankunft in Denver gewesen war, hatte zum Beispiel ein Gast – eine Frau – einen Selbstmordversuch unternommen.

Wiederbelebt und im Hotelkrankenhaus zu sich gekommen, hatte sie sich geweigert, einen Grund für ihre Tat oder irgendwelche Angaben zu ihrer Person zu machen.

Der Vorfall verursachte einen fünfzeiligen Absatz in den Zeitungen, aber außerhalb des diskreten Hotels war nicht bekannt geworden, dass die Initialen auf ihrem Handgepäck nicht mit dem Namen übereinstimmten, den sie im Register unterschrieben hatte, sondern mit denen einer der Beteiligten in einem bekannten Scheidungsfall.

Als Steve Denver wieder verließ, ging er nach Chicago.

Dort, in seinem Haus, dem Tonty, stand das Management vor der Frage, wie es sich am besten verhalten sollte.

Es ging um einen riesigen schwarzbärtigen Mann, der sich als D. Cozene aus Belgrad angemeldet hatte und kein Englisch sprach.

Sie waren sich nicht sicher, ob er sich frei bewegen konnte oder in Wirklichkeit durch die Einschüchterung seiner beiden Begleiter in seinem Zimmer praktisch eingesperrt war.

Diesen Zweifel räumte Cozene selbst aus, indem er am Tag nach Steves Ankunft allein aus dem Haus ging.

Und als er am zweiten Abend nach Cleveland aufbrach, drehten sich Steves Gedanken um sein dortiges Haus, das Commodore Perry, und um das Falschgeld, das seiner dortigen Leitung so viel Ärger bereitet hatte.

Zwanzig-Dollar-Scheine, die so gut gemacht waren, dass man sie nur schwer als gefälscht erkennen konnte, waren im Hotel aufgetaucht, kurz bevor Steve dort auf seinem Weg nach Westen Station machte.

Einige von ihnen waren in den Kassen der verschiedenen Kassierer aufgetaucht und wurden bei Einzahlungen des Hotels von der Bank zurückgewiesen.

Was aber noch schlimmer war: Viele davon hatten ihren Weg von den Kassierern in den Besitz von Gästen gefunden.

Der Geldverlust für das Hotel war nur ein paar hundert Dollar gewesen, aber den Ärger für seine Gäste konnte Steve nicht so philosophisch betrachten.

Nicht weniger als ein Dutzend Briefe waren von abgereisten Gästen eingegangen, denen ein oder mehrere der Scheine beilagen, die sie als Wechselgeld im Hotel erhalten hatten.

Steve konnte sich gut in denjenigen hineinversetzen, der das Hotel mit vielleicht achtzig Dollar in der Tasche verließ und dann bei der Hälfte davon feststellen musste, dass sie falsch waren.

Dann hatte das mit dem Falschgeld aufgehört.

Steve hatte es Claflin, seinem Manager im Commodore Perry, überlassen, ihre Quelle zu ermitteln und festzustellen, ob ein Gast oder ein Mitglied des Personals sie in Umlauf gebracht hatte; jetzt erinnerte er sich daran, dass er von Claflin diesbezüglich nichts mehr gehört hatte.

Als Steve am Morgen im Commodore Perry ankam, begrüßte er seinen Manager am Empfang.

»Schicken Sie Ebor einen Dollar«, wies Steve einen der diensthabenden Angestellten an. »Er hat für mein Taxi bezahlt.«

Ebor war der Mann für die Taxis am Hotel.

Claflin zog ihn leise zur Seite. »Haben Sie einen großen Schein bei sich?«, fragte er in leisem Ton. »Fünfzig oder hundert? Dann wechseln Sie ihn bitte selbst an der vorderen Kasse.«

Steve sah ihn augenblicklich an. »Sie meinen, es hat schon wieder angefangen?«

»Ja, seit gestern.«

»Die gleichen Scheine wie vorher?«

»Ja, Zwanziger.«

»Und Sie verdächtigen einen der Angestellten?«

»Es sieht so aus.«

Steve ging zur ersten Kasse hin und war neugierig darauf zu sehen, wen er dort vorfinden würde.

»Na, Mr Faraday!«, begrüßte ihn die angenehme Stimme eines Mädchens hinter dem Gitter, und Steve sah sich zu seiner Überraschung nicht einer

Fremden gegenüber, wie er erwartet hatte, sondern einem Mädchen, das ihm gut bekannt und in bester Erinnerung war.

»Wie geht es Ihnen, Clara?«, fragte er und griff unter dem Gitter durch, um ihr die Hand zu geben.

Sein stärkstes Gefühl war in diesem Moment eine Irritation über Claflin, der, wenn er dieses Mädchen verdächtigte, einen Fehler gemacht haben musste.

Sie war ein sehr gut aussehendes Mädchen mit großen braunen Augen, braunem Haar und einer hübschen Haut; intelligent und mit einem netten Auftreten.

Clare war in Steves Alter, und er kannte sie seit ihrem sechzehnten Lebensjahr, als sie in Chicago als Garderobenmädchen arbeitete. Seitdem hatte sie sich bis zu ihrer jetzigen Position als Kassiererin im Empfangsbereich hochgearbeitet.

Instinktiv schreckte Steve davor zurück, sie zu testen; aber er zog es durch, und nach ein paar Worten reichte er ihr einen Hundert-Dollar-Schein.

»Ich brauche einen Dollar für das Taxi bitte«, sagte er.

Als sie das Geld abzählte, bemerkte er einen Ring mit einem kleinen Diamanten an ihrer linken Hand.

Sie gab ihm vier Zwanziger, einen Zehner, einen Fünfer und fünf Einer zurück.

Claflin führte ihn daraufhin in das Privatbüro, wo zwei Fremde – ein spitzbübisch aussehender Mann von vierundzwanzig Jahren und ein korpulenter Grauhaariger – saßen.

Der junge Mann erhob sich, aber der ältere blieb weiter sitzen und schätzte Steve mit seinen gleichmäßigen grauen Augen ab.

Steve hatte sein Geld noch nicht eingesteckt.

»Das haben Sie gerade an der Kasse geholt?«, fragte der Grauhaarige, nachdem die Tür geschlossen war.

»Ja«

»Halten Sie es im Moment getrennt.«

»Mr Faraday, das ist Captain Norton vom United States Secret Service [Geheimdienst]«, stellte Claflin den Grauhaarigen etwas nervös vor. »Und das ist Mr Ashlander, er ist mit ihm an diesem Fall dran. Sie wissen beide, wer Sie sind.«

Steve steckte sein Geld in eine separate Tasche ein. »Ich habe natürlich schon oft von Ihnen gehört«, sagte er zu Norton.

Seine Gereiztheit gegenüber Claflin nahm zu, während seine Gedanken für einen Moment zu den braunen Augen und der angenehmen Erscheinung des Mädchens im Kassiererkäfig zurückkehrten.

»Sie haben also die Regierung in dieser Angelegenheit befragt, Claflin?«

»Nein«, sagte Claflin, ein drahtiger, unruhiger Mann und Brillenträger, etwa vierzig Jahre alt.

»Nein«, wiederholte er, »sie kamen heute Morgen von selbst hierher.«

»Der Kassierer der Guardian Trust, ihrer Bank, meldete uns eine Reihe von Fälschungen bei Ihren Einzahlungen von letzter Nacht, welche die Bank zurückgewiesen hatte«, erklärte Ashlander locker.

»Dasselbe ist seiner Aussage nach vor zwei bis drei Wochen in größerer Zahl vorgekommen.«

»Ja«, gab Steve zu. Er ärgerte sich nicht wirklich über das Auftreten der Regierungsleute in diesem Fall. Seine Hotels kümmerten sich zwar in der Regel selbst um ihre Probleme und riefen erst dann um Hilfe von außen, wenn sie wussten, welche Maßnahmen notwendig waren.

Es war mehr ihr vermeintlicher Fehler bezüglich der Kassiererin an der Rezeption, den er ihnen übel nahm.

»Captain Norton und ich sind heute Morgen vorbeigekommen und haben ein wenig gearbeitet«, fuhr Ashlander fort.

Claflin zog eine Schublade seines Schreibtisches auf und holte ein kleines Päckchen mit neuen Banknoten heraus, das er vor Norton und Ashlander auf dem Tisch ausbreitete.«

»Zwanzig-Dollar-Noten der Federal Reserve Bank of New York; Prüfbuchstabe A, Plattennummer 121; Carter Glass, Finanzminister; John Burke, Schatzmeister der Vereinigten Staaten; Porträt von Cleveland«, verkündete Ashlander leise.

»Fälschungen?«, fragte Steve und fingerte an einer herum.

»Sehr gute, exzellent, ungewöhnlich täuschend, und sie kamen alle heute Morgen aus dem Kassenschalter Ihrer Kassierin im Empfangsbereich.

»Sind das die gleichen wie die, die Sie vorher schon gefunden hatten?«

Steve hatte die Frage an Claflin gerichtet; aber es war Ashlander, der ihm antwortete.

»Von der gleichen Druckplatte, Mr Faraday. Wir haben die anderen untersucht. Sie sind von einer gravierten Stahlplatte, die von einem Experten angefertigt wurde, mit sehr kleinen Fehlern.«

»Die Fehler im Porträt von Cleveland sind eine leichte Schmälerung des Kinns und in der Linie der Schläfen. Verglichen mit einer Regierungsnote dieser Serie kann man den Unterschied kaum sehen; er ist fast mikroskopisch.«

»Das Siegel und die Nummerierung sind ebenfalls sehr gut; und die Scheine sind fortlaufend nummeriert worden.

Das Papier hingegen ist nicht ganz so gut. Es ist zu steif und brüchig und die Seidenfaser ist mehr gebündelt als bei Regierungspapier. Aber es ist eine außerordentlich gute Fälschung. Nur ein Experte könnte sie erkennen.«

Steve warf einen Blick auf Claflin, dann zog er die frischen Geldscheine aus der Tasche, die ihm das braunäugige Mädchen an der Kasse des Empfangs ein paar Minuten zuvor gegeben hatte.

Er sortierte die vier Zwanziger aus und verglich sie; dann schüttelte er den Kopf.

»Was ist mit meinen?« Er schaute Ashlander an und legte die Scheine vor ihn hin.

Ashlander beugte sich und untersuchte sie sorgfältig. »Sie hat ihrem Chef eine Hälfte so und die andere so gegeben, Mr Claflin«, sagte er zu dem Manager.«

»Diese beiden sind Regierungsgravuren, und die anderen sind von dieser Druckplatte.« Er zeigte zu der Reihe der Fälschungen.

»Ich kenne sie gut«, nahm Steve seine Kassiererin impulsiv in Schutz. »Ich kenne sie seit meiner Schulzeit.«

»Was genau ist es, dessen Sie sie beschuldigen?«, verlangte er, von Ashlander zu wissen, der einen Blick auf Norton warf.

»Wir haben – definitiv, würde ich sagen – bemerkte der Captain trocken, »dieses schlechte Geld bis zu ihren Händen zurückverfolgt. Wir sagen nicht, dass sie die Quelle ist, aus der es stammt, aber sie scheint auf jeden Fall damit in Verbindung zu stehen.«

»Was hat sie dazu gesagt?«, fragte Steve.

»Was sie dazu gesagt hat?«, wiederholte Ashlander und lächelte. »Wir haben es ihr noch nicht persönlich gesagt. Wenn sie wüsste, dass wir sie beobachten, würde sie Ihnen kaum zwei Blüten bei den vier Scheinen zustecken.«

»Sie wusste doch, dass es bereits entsprechende Verdächtigungen gab«, sagte Steve.

»Aber damals wurde sie nicht verdächtigt, Mr Faraday«, entgegnete Norton. »Wir beschuldigen sie noch nicht. Dieser Fall birgt einige außergewöhnliche Punkte. Sagen Sie mir, was Sie über das Mädchen wissen.«

»Wo ist ihre Arbeitskarte Claflin?«, fragte Steve.

»Natürlich kenne ich ihren beruflichen Werdegang«, sagte Norton und verwies auf sein Notizbuch, in dem er las: 'Erste Anstellung als Garderobenmädchen im Hotel Tonty, Chicago, 1916; Versetzung ins hintere Büro; Schreibkraft; Assistentin der Buchhaltung. Versetzt nach Denver, Montview Hotel, August 1922; Assistentin der Kassiererin; Mai 1923, versetzt nach Commodore Perry, Cleveland; Kassiererin.'

»Ihre Bilanz ist gut, ja sogar ausgezeichnet. Ihre Familie besteht aus ihrer Mutter, die sie unterstützt.«

Er schloss sein kleines Buch. »Was können Sie dem noch hinzufügen?«

»Sie müssen in der Lage sein, zwischen den Zeilen ihrer Arbeitskarte zu lesen«, erwiderte Steve warmherzig.

»Seit sie sechzehn war, hat sie sich und ihre Mutter unterstützt. Sie hat die Abendschule besucht. Sie ist dabei aufgeweckt, fröhlich und attraktiv geblieben.

»Sie ist genau die Art von Mädchen, das wir gerne bei uns haben«, fuhr er fort. »Es ist ein Vergnügen, mit ihr zu arbeiten, und Claflin hat Ihnen vielleicht erzählt, dass wir sie für eine noch bessere Position vorgesehen haben, im Büro des Hauptbuchhalters, wo sie das ganze Geld verwalten würde, das in dieses Hotel kommt. Das ist es, was wir von ihr halten.«

»Sie wissen sicherlich«, fragte Norton ruhig, »dass sie sich kürzlich verlobt hat?«

»Nein«, sagte Steve, erinnerte sich aber an den kleinen Diamanten, den er an ihrem Finger gesehen hatte. »Was hat das damit zu tun?«

»Jeder, der mit Frauen zu tun hat, lernt, dass eine Frau alleine mit sich selbst und eine verliebte Frau zwei völlig verschiedene Individuen sein können.

Ein Mädchen, vor allem von zärtlicher und liebevoller Natur, wird für einen Mann, den sie liebt, das tun, was sie für sich selbst niemals zu tun wagen würde. Wir sind jetzt bereit, mit ihrem Mädchen zu reden.«

»Bringen Sie sie her«, sagte Steve zu Claflin.

»Sie soll ihre Kasse mitbringen«, mahnte Norton. »Überlassen Sie diese nicht ihrer Ablösung.«

»Das würde sie auf keinen Fall tun«, sagte Steve.

»Jede unserer Kassierer hat eine eigene Kasse mit einem Geldbestand, die für die Geschäfte der Schicht ausreicht. Wenn sie von der Arbeit geht, legt das Mädchen alle Belege, Schecks, Quittungen und Geld in einen Umschlag, den sie der Buchhaltung übergibt. Wenn sie dann wieder Dienst hat, beginnt sie ihn wieder mit ihrer eigenen Kasse.«

»Wir sollten sie gleich ablösen lassen«, schlug Norton vor. »Es wird unwahrscheinlich sein, dass sie heute Morgen wieder zur Arbeit geht.«

Steve wartete mit großem Vertrauen in seine Kassiererin, das noch zunahm, als sie mit Claflin erschien, den großen braunen Umschlag ihrem Kassenbestand unter dem Arm.

Sie war ziemlich groß und schlank, mit einer geraden, offenen Haltung und einer angenehmen, freundlichen Art, mit der sie den Leuten mit ihren schönen, weichen Augen begegnete.

Als Claflin sie vorstellte, wiederholte sie Nortons und Ashlanders Namen, ein wenig verwirrt, aber nicht offensichtlich verängstigt. Sie warf einen fragenden Blick auf Steve, der versuchte, beruhigend zu lächeln. Sie legte den großen Umschlag mit ihrem Kasseninhalt auf den Tisch.

»Wir sind vom Geheimdienst«, erklärte ihr Norton, »und in Sachen gefälschter Zwanzig-Dollar-Banknoten hier, die in diesem Hotel in Umlauf gebracht wurden.«

»Ja?«, sagte sie, noch immer nicht erschrocken.

»Wir haben heute Morgen ihren Schalter beobachtet.«

»Meinen?«, wiederholte sie und sah Steve an.

»Was wissen Sie darüber, Clara?«, fragte er sie.

77

»Wissen?«

»Ich meine, haben Sie gewusst, dass Sie Falschgeld weitergegeben haben?«

»Habe ich das getan?«, fragte sie so ungeniert und offen, sodass Steve sich weiter an sein Vertrauen in sie klammerte, obwohl er sagte: »Sie haben mir zwei falsche Zwanziger in meinem Wechselgeld gegeben.«

»Habe ich das?«

»Sie wussten es nicht?«, forderte sie Norton direkt heraus.

Sie errötete, begegnete aber seinen Augen. »Natürlich habe ich es nicht gewusst. Warum – warum – «

Sie hielt inne.

»Sie sollten besser ihren Kassenbestand prüfen«, sagte Norton zu Steve, der den Umschlag aber weiterreichte.

»Machen Sie ihn auf, Clara«, sagte er.

Sie nahm den Umschlag in ihre schlanken, hübschen Hände, die leicht zitterten, als sie das Siegel brach und das Geld, die Schecks und Belege auf dem Tisch verteilte.

Ashlander sortierte die Geldscheine und nahm die Zwanziger heraus. »Sie hat schon alle Schlechten weitergegeben«, sagte er zu Norton. Er öffnete die Schublade des Schreibtisches und nahm die beiden Scheine heraus, die sie eine halbe Stunde zuvor Steve als Wechselgeld gegeben hatte.

»Erkennen Sie die, Miss Ingram?«, fragte er sie.

»Nein.«

»Sie haben sie Mr Faraday gegeben. Es sind Fälschungen.«

»Ich habe das nicht gewusst.«

»Sie können nicht in ihrer Kasse gewesen sein, Clara«, sagte Steve, »als Sie sie heute Morgen aus dem Büro des Buchhalters geholt haben. Sie sind ab danach hineingekommen. Man hatte Sie auch vor Scheinen dieses Nennwerts und deren Annahme gewarnt. Wissen Sie noch, von wem Sie sie bekommen haben?«

»Nein«, sagte sie; aber jetzt war ihre Offenheit weg. Sie schien sich aber wieder zu fangen. Sie hob den Blick und warf den Kopf zurück mit einer Geste, die nicht von Furchtlosigkeit, sondern von Trotz zeugte und Steve das Vertrauen in sie entzog.

»Wir sollten erst weitermachen«, bemerkte Norton mit wachem Blick, »nachdem wir ihr Zimmer durchsucht haben.

Werden Sie mit uns gehen und einer Durchsuchung zustimmen?«, fragte er sie. »Oder sollen wir dazu die formellen Vorbereitungen treffen?«

»Ich werde mit Ihnen gehen«, sagte sie.

»Ich komme mit«, bot Steve an und versuchte, sein Vertrauen in sie zurückzugewinnen.

»Tun Sie das«, drängte Norton. »Nehmen Sie sie mit. Ich würde es vorziehen, wenn Sie mit ihr so hinausgehen würden, als ob Sie etwas ganz gewöhnlich erledigen wollten. Wir treffen Sie in ihrem Zimmer.«

»Nehmen Sie ihren Hut, Clara«, sagte Steve. »Mr Claflin wird ihre Kasse zurückbringen.«

Während der Minute, in der er auf sie wartete, hoffte Steve, dass bei ihrem Wiedererscheinen sein Vertrauen in sie wachsen würde, aber das Gegenteil trat ein. Sie sah in ihrem kleinen Hut sehr gepflegt aus, war aber nervöser als zuvor und zeigte mehr Trotz. Steve begleitete sie, ohne etwas zu sagen, zum Bordstein.

»Ja, rufen Sie ein Taxi«, sagte er zu Ebor.

»Es sind doch nur ein paar Blocks, ich gehe fast immer zu Fuß«, sagte sie. »Wir fahren«, sagte Steve und ließ sie zuerst ins Taxi einsteigen. Sie saß unruhig neben ihm und blickte aus dem Fenster.

»Sie haben sich kürzlich verlobt, wie ich höre«, sagte er, nachdem er von ihr die Straßennummer erfragt und sie an den Fahrer weitergegeben hatte.

Sie starrte so konzentriert auf ihr Fenster, dass er seine Bemerkung in einer Art Aufforderung wiederholte, bevor sie antwortete: »Ja, ich bin verlobt.«

»Mit einem von unseren Leuten?«, fragte Steve.

»Was?«

»Mit einem von unseren Leuten?«

»Nein, er gehört nicht zu unseren Leuten.«

»Wer ist er?« Steve blieb hartnäckig.

»Ich habe ihn kennengelernt, als er im Commodore Perry wohnte«, antwortete das Mädchen, halb zu Steve gewandt. Es erschien ihm so, dass etwas von ihrem Trotz gewichten war.

»Es ist Mr Howard Jentnor.«

»Ich kenne ihn nicht«, sagte Steve.

»Er ist ein sehr netter Mann.«

»In welcher Branche ist er tätig?«

»Versicherungen.«

»Welche Firma?«

»Keine spezielle Firma«, antwortete sie, schon wieder etwas steifer. »Er ist ein Makler.«

»Wohnt er jetzt in unserem Haus?«

»Nein, er ist vor etwa einer Woche umgezogen, nachdem wir uns verlobt hatten. Wir wollen jetzt Geld sparen, was Sie verstehen werden«, sagte sie und schien zu merken, wie das den Verdacht gegen sie verstärkte.

»Was suchen sie in meinen Zimmern?«

»Ich weiß es nicht«, sagte Steve, und das Gespräch zwischen ihnen verstummte.

Er half ihr beim Aussteigen vor einem alten, aber gut erhaltenen Gebäude mit ursprünglich großen Wohnungen, die jetzt in kleine von je einem oder zwei Zimmern aufgeteilt waren.

Clara Ingram öffnete die Eingangstür mit ihrem Schlüssel, und als sie Captain Norton und Ashlander im Eingang sah, schreckte sie auf, sagte aber nur: »Ich hoffe, Mutter ist nicht da.«

»Es ist niemand in Ihrer Wohnung«, versicherte ihr Ashlander, und mit ihrem Wohnungsschlüssel öffnete sie die Innentür.

»Wir werden gründlich sein«, warnte sie Norton, »wenn Sie also etwas verstecken, sollten Sie es uns besser sofort geben.«

»Ich könnte Ihnen nichts geben außer meinen Kleidern und die meiner Mutter und ein paar alten Andenken und Briefen«, antwortete sie mit so ehrlicher Stimme, dass Steve wieder gerührt war und ihr glauben wollte.

Ashlander öffnete aber ihre Kommoden-schubladen, hob hauchdünne, zusammengelegte seidene Dinge heraus und schüttelte sie.

Er untersuchte eine Taschentuchschachtel und öffnete ein Paket mit Handschuhen.

Nichts Außergewöhnliches kam als Belohnung für ihn zum Vorschein.

Norton nahm sich den Schrank vor, in dem Kleider und Röcke hingen und Hüte und Schachteln auf einem oberen Regal standen.

Er holte die Schachteln herunter und durchsuchte sie ohne Beanstandung und ohne Ergebnis, bis er einen Pappkarton öffnete, der bis oben hin mit Bündeln von Briefen gefüllt war, die mit verblichenen Bändern oder ordentlich geknoteten Schnüren verschnürt waren.

Zum ersten Mal protestierte Clara Ingram.

»Das sind nur Familienbriefe – die Briefe meines
Vaters an meine Mutter und ihre an ihn, bevor sie
geheiratet haben.«

»Ja«, sagte Norton, hob aber die obersten Lagen heraus und fuhr unbeirrt fort, die Schachtel zu leeren.

Er kam zum Boden und war immer noch nicht zufrieden. Mit der Klinge seines Taschenmessers hob er ein eng anliegendes quadratisches Stück Pappe an, das als doppelter Boden angebracht war, und rief seinen Assistenten, der mit der Suche im zweiten Raum beschäftigt war:

»Hier ist etwas, Ashlander.«

Steve trat schnell nach vorne, um nachzusehen.

Zum Vorschein kamen ein Paar identische, rechteckige, mit weißem Seidenpapier umwickelte Gegenstände, die flach auf dem echten Boden der Schachtel lagen. Steve sah, dass sie genau die Maße eines Geldscheins hatten. Norton nahm einen davon in die Hand, riss das weiße Seidenpapier herunter und legte eine Kupferplatte frei, auf der umgekehrt 'Federal Reserve Bank of New York' stand – zwanzig Dollar.

»Prüfbuchstabe A, Plattennummer 121; Carter Glass, Finanzminister«, verkündete Ashlander triumphierend. »John Burke, Schatzmeister der Vereinigten Staaten; das Porträt ist von Cleveland.«

Steve, dessen Herz fast stillstand, richtete sich auf und sah dem Mädchen ins Gesicht, für das er sich eine Stunde zuvor noch so zuversichtlich verbürgt hatte. Sie war nicht mehr trotzig; sie zitterte und war bleich wie der Tod.

Die beiden Geheimdienstler wendeten ihren Blick nicht von den Platten. Jeder hatte eine in der Hand, die er schnell, aber genau untersuchte. Sie sahen sich an, tauschten die Platten aus und plötzlich lachte Norton laut auf.

Steve sprang mit heißem Groll auf.

»Das ist ja toll, wie Sie sich dabei fühlen«, tadelte er Norton. »Sie haben, was Sie wollten, aber – lachen Sie nicht über sie!«

Norton drehte sich zu ihm um und wurde wieder nüchterner.

»Entschuldigen Sie«, sagte er. »Ich habe nicht über sie gelacht – nicht über Miss Ingram.«

»Setzen Sie sich junge Dame«, forderte er sie freundlich auf. »Setzen Sie sich und erzählen Sie uns, was Sie wirklich über die Sache wissen. Natürlich wissen wir jetzt, dass Sie nichts mit diesen Platten hier zu tun hatten. Sie wurden Ihnen untergeschoben.«

»Bring ihr den Stuhl, Ashlander.«

»So ist es gut; setzen Sie sich. Sie wussten auch nicht, dass Sie Fälschungen bekamen und verteilten, aber Sie wissen zumindest, von wem Sie die letzten beiden bekommen haben.«

»Ashlander, hol ihr ein Glas Wasser.«

»Ich werde es holen«, bot Steve impulsiv an. Er ließ es aber doch von Ashlander bringen, während er selbst neben Clara blieb, die auf den Stuhl gesunken war und mit großen Augen erst Norton, dann ihn und wieder Norton anstarrte.

»Sie sagten, dass diese Platten ihr untergeschoben wurden«, sagte Steve zu Norton, und Ersterer verspürte wieder einen Anflug von Vertrauen in das Mädchen, dennoch vertraute er ihr nicht ganz. Etwas stimmte nicht, und ihre eigene Niedergeschlagenheit deutete darauf hin. Aber das, was mit ihr nicht stimmte, war nicht das, was zuerst vermutet worden war.

Norton nickte, mehr mit Blick auf das Mädchen als auf Steve, und er wartete, bis er sicher war, dass sie sich ausreichend gesammelt hatte, um sich ihr zu widmen.

»Jemand hat sich viel Zeit genommen und mehr als die übliche Mühe gemacht, Falschgeld zu platzieren, damit es durch Ihre Hände geht, Miss Ingram«, sagte er leise zu ihr.

»Er hat sich noch mehr Mühe gegeben, um sicher zu sein, dass es zu Ihnen zurückverfolgt werden würde – und nicht weiter als zu Ihnen.«

»Dann hat er weitere Mühen auf sich genommen, diese Platten hier zu platzieren.«

»Was mich eben zum Lachen gebracht hat, war, dass ihm nach all diesen Mühen ein kleiner Fehler passiert war, der uns sofort gezeigt hat, dass die ganze Angelegenheit ein abgekartetes Spiel war und nicht den Zweck der Verbreitung von Falschgeld hatte, sondern um Sie für einen wichtigeren Zweck in Verruf zu bringen.«

»Hören Sie mich?«

»Ja«, sagte das Mädchen, das vor sich hinstarrte.

»Was war das für ein Fehler?«, fragte Steve und wollte ihr helfen.

Norton hob eine der Platten auf. »Ein sehr einfacher und selbstverständlicher Fehler für einen Mann, der selbst kein erfahrener Fälscher ist, deshalb ist dieser Ausrutscher aber auch viel schlüssiger.«

»Die Platten, die hier hergebracht wurden, haben niemals das Geld gedruckt, das dieses Mädchen weitergegeben hat.«

»Woher wissen Sie das?«, fragte Steve.

»Das schlechte Geld, das durch ihre Hände gegangen ist, war alles in Zwanzig-Dollar-Noten der Federal Reserve Bank of New York.«

»Aber so sind doch auch die Platten«, sagte Steve.

»Die Scheine sind ausgezeichnete Fälschungen, die allen außer einem Experten trotzen. Sie wurden von Platten gemacht, die fast so gut sind wie die Regierungsplatten – mit Gravuren auf Stahl. Ein guter Graveur braucht Wochen oder Monate, um die Platten herzustellen und die Druckvorlage so gut zu gravieren. Diese Platten sind nicht die Originale; es handelt sich um Fotogravuren von Geld desselben Nennwerts und derselben Ausgabe, die in ein paar Stunden hergestellt wurden oder hätten hergestellt werden können.«

»Wir sind nicht nur wegen des Berichts der Guardian Trust über die Fälschungen ins Hotel gekommen, sondern auch, weil wir heute früh diesen anonymen Hinweis erhalten haben.«

Norton holte aus seiner Tasche einen Zettel aus schlichtem weißen Papier heraus, den er vor Clara Ingram und Steve ausbreitete. Auf ihm war mit Schreibmaschine geschrieben:

»Wenn Sie die Druckplatten finden wollen, mit denen die gefälschten Zwanziger gedruckt wurden, die in dieser Stadt im Umlauf sind, suchen Sie sorgfältig in den Zimmern von Clara Ingram, die im Commodore Perry Hotel arbeitet.«

»Wir kamen also hierher«, fuhr Norton fort, »in der Erwartung auf etwas Besonderes und Außergewöhnliches zu stoßen, denn wir hatten bereits die Platten, von denen dieses sehr gut gemachte falsche Geld gedruckt wurde.«

»Wir haben sie vor zwei Tagen in Toledo beschlagnahmt. Da wussten wir, dass sie nicht hier sein können. Was war aber dann hier?«

»Einige Versuchsplatten, die von der gleichen Bande graviert wurden oder was?«

»Nichts dergleichen, aber untergeschoben – nur diesem Mädchen untergeschoben.«

»Jemand wollte sie aus irgendeinem Grund unbedingt reinlegen. Da sie eine Kassiererin ist, kam es ihm offensichtlich in den Sinn, ihr etwas von dem Falschgeld unterzuschieben, das im Umlauf war, und um den Fall gegen sie zu untermauern, beschloss er, ihr auch die Platten unterzuschieben.«

»Er hatte die Platten aber nicht, denn wir hatten sie schon, was er nicht wusste. Er wusste nicht einmal, mit welcher Art von Platten das Geld gedruckt wurde. Er kann nicht selbst ein Fälscher sein, aber er wusste, dass man leicht Fotogravurplatten herstellen kann und nahm an, dass sie uns genügen würden.«

»Also ließ er diese Platten anfertigen, beschmierte sie mit grüner Tinte, damit es so aussah, als wären sie benutzt worden, schob sie ihr hier unter und tippte uns seinen kleinen Brief.«

»Warum?«

Steve stellte diese Frage, denn Clara Ingram war noch nicht in der Lage gewesen, zu sprechen. Je mehr der Bericht des Captains sie entlastete, desto stärker wurde sie überwältigt.

»Den Grund, warum jemand das dem Mädchen anhängen wollte, kennen wir nicht«, antwortete Norton. »Sie muss ihn aber kennen – fragen Sie sie.«

»Ich weiß es nicht!«, Clara schrie auf.

»Ich bin mir sehr sicher, dass Sie es wissen«, wurden sie von Norton sanft bedrängt.

»Ich weiß es nicht!«

»Ich bin mir sicher, dass Sie zumindest wissen, wer ihnen die beiden schlechten Zwanziger gegeben hat, bevor wir heute Morgen ins Hotel kamen«, beharrte Norton.

»Ich weiß es nicht!«, rief Clara verzweifelt. »Ich weiß es nicht! Ich weiß es nicht! Ich wusste nicht, dass sie schlecht waren, ich sage es Ihnen! Ich wusste nicht, dass sie schlecht sind!«

»Wir können eine Weile warten«, sagte Norton rücksichtsvoll.

»Ich bin mir ziemlich sicher, dass ich weiß, wer sie ihr gegeben hat«, meldete sich Steve zu Wort.

»Ich bin mir auch ziemlich sicher, dass sie die Wahrheit sagt, wenn sie sagt, sie habe nicht gewusst, dass sie schlecht sind; aber sie weiß, wer sie ihr gegeben hat. Es war Howard Jentnor.«

»Das war er nicht!«, schrie Clara.

»Damit«, sagte Steve und berührte ihre Schulter, »haben Sie es uns gesagt. Ich wusste es sowieso, Clara.«

»Nachdem Sie, wie auch die anderen Kassierer, vor Scheinen dieses Wertes und dieser Ausgabe gewarnt worden waren, hätte Sie diese ohne genaue Prüfung nur von jemandem angenommen, dem Sie völlig vertrauen, und es gibt niemanden, für den Sie gelogen hätten, denke ich, außer Jentnor.«

»Jentnor ist der Mann«, sagte Steve zu Norton, »mit dem sie verlobt ist.«

»Er ist es nicht!«, rief Clara.

»Sie sind nicht mit ihm verlobt?«

»Er ist nicht der Mann, der mir diese Zwanziger gegeben hat«, korrigierte sie.

»Wer war es dann?«

»Jemand, der das Hotel verlassen hatte; ich weiß nicht, wer. Ich habe es vergessen. Ich nehme immer Geld ein und gebe es heraus. Das mit den

Zwanzigern hatte ich für ein paar Minuten vergessen. Das ist alles; das ist alles, sage ich Ihnen!«

»Haben Sie heute Morgen von Mr Jentor Geld entgegengenommen, für ihn gewechselt oder sind sonst wie mit seinem Geld umgegangen?«

»Nein! Nein! Ich habe ihn überhaupt nicht gesehen!«

»Wann haben Sie ihn zuletzt gesehen?«

»Gestern – vorgestern«

»Wo ist er jetzt?«

»In seinem Büro nehme ich an.«

»Wo ist das?«

»Ich weiß es nicht.«

Steve forderte Norton auf, weiterzumachen, der sie schweigend beobachtete.

»Lassen wir Mr Jentnor aus dem Spiel«, sagte er freundlich zu ihr. »Versuchen Sie, nicht an ihn zu denken. Versuchen Sie an einen Grund zu denken, warum irgendjemand – irgendjemand auf der ganzen Welt – Sie in Misskredit bringen oder in Ungnade fallen lassen wollte.«

Sie drehte sich zu Norton um, das Gesicht vor Schreck gezeichnet, aber wieder ehrlich.

»Ich kann nicht!«

»Beruhigen Sie sich und versuchen Sie zu nachzudenken. Bedenken Sie, niemand beschuldigt Sie jetzt – oder Mr Jentnor.«

»Wen kennen Sie oder mit wem sind Sie in Kontakt gekommen, der ein Motiv haben könnte, Sie zu verletzen?«

»Mit niemandem!«, rief sie aufrichtig. »Mir fällt kein Mensch auf der Welt ein.«

»Sie selbst bedrohen auch niemanden?«, sagte Norton ruhig.

»Jemanden bedrohen?«

»Ich meine, Sie sind nicht zufällig oder auf andere Weise in letzter Zeit in den Besitz von Kenntnissen gekommen, die jemandem schaden oder zu dessen Schaden verwendet werden könnten?«

»Nein, nein!«

»Nehmen Sie sich ein paar Minuten Zeit und versuchen Sie nachzudenken, Miss Ingram.«

»Es ist sinnlos, es zu versuchen. So etwas gab es noch nie«, sagte sie.

»Sie müssen einsehen, dass es so etwas geben könnte«, sagte Norton geduldig, »und Sie sind sich dessen vielleicht nicht bewusst.«

»Diese Angelegenheit ist mit Sicherheit sehr ernst, Miss Ingram. Die aufgewendete Zeit und Mühe zeigen, dass es jemandem äußerst wichtig ist, Sie in Ungnade zu bringen und zu verletzen.«

»Solche Mühen macht sich normalerweise nur eine Person, die in der Macht eines anderen steht – oder sich zumindest so fühlt – aufgrund von Informationen, die ihn in Misskredit bringen können. Sie könnten solche Informationen besitzen, ohne sich dessen bewusst zu sein oder ohne sich ihrer Macht über eine andere Person bewusst zu sein.«

»Ich möchte, dass Sie darüber nachdenken, ob sich solcherlei Informationen in Ihrem Besitz sein könnten.«

»Warum, ich hatte noch nie Macht über jemanden!«

Norton nickte Ashlander zu, der sich erhob und hinausging, wobei er Steve zur Tür winkte.

»Wir sollten sie besser beim Captain lassen«, flüsterte Ashlander.

»Sie ist sehr aufgeregt. Natürlich beschützt sie jemanden; aber um ihrer selbst willen müssen wir sofort verschwinden. Er wird allein besser mit ihr fertig.«

»In Ordnung«, stimmte Steve zu und ging hinaus.

Draußen auf der Straße, wo das Commodore Perry vor ihm aufragte, dachte er an die Anstellung des Mädchens in diesem großen Hotel und die Bedeutung von Nortons Worten für sie, die dort beschäftigt war.

»Ständig stand sie aufgrund ihrer Tätigkeit in Kontakt mit anderen Angestellten und mit Gästen, die insgesamt Tausende und Zehntausende zählten; ständig verrichtete sie aus reiner Routine für viele Menschen mehr oder weniger intime Dienste – Geld einnehmen, auszahlen, Kredite und Schecks einlösen – und manchmal auch besondere Dienste von besonders intimem und persönlichem Charakter, die durch ihre bloße Häufigkeit und Wiederholung in die allgemeine Routine übergingen und in ihrem Gedächtnis keine bleibenden Spuren hinterließen.

Tausend solcher Vorgänge konnten ohne außergewöhnliche Folgen abgewickelt werden; der tausendeinste konnte aber, obwohl er sich äußerlich überhaupt nicht von den anderen unterschied, das private Anliegen eines im Hotel untergebrachten Gastes in einer Krise seines Lebens entscheidend berühren.

Hatte die Folge eines solchen Dienstes, den Clara Ingram als Angestellte von Stephen Faraday leistete, diese Ereignisse über sie gebracht?

Er beeilte sich bei den Schritten zu seinem Hotel, seine Gedanken waren jetzt bei Jentnor und dem Mädchen, das so trotzig und loyal für ihn gelogen hatte.

Jentnor, so erkannte Steve, musste eine andere Art von Mensch sein als der Mann, den eine Kassiererin normalerweise kennenlernt.

Ein attraktives Mädchen, das durch seine Anstellung ständig in Kontakt mit Männern kommt, die nicht zu Hause sind und allein reisen, lernt schnell, eine abwehrende und gleichgültige Haltung einzunehmen, und diese Erfahrung setzt sich oft in ihnen fest.

Steve hatte gedacht, dass Clara Ingram Männern gegenüber gleichgültig geworden war, und das war einer der Gründe, warum er sie für eine Beförderung in der Organisation vorgeschlagen hatte. Trotz ihrer ungewöhnlichen Attraktivität hatte Steve es für unwahrscheinlich gehalten, dass sie die Organisation wegen einer Heirat verlassen würde.

Jentnor musste sich, um sie so vollständig für sich zu gewinnen, von den gewöhnlichen Männern unterscheiden, die nach dem Bezahlen ihrer Rechnungen in der Hoffnung verweilten, eine nähere Bekanntschaft mit der Kassiererin zu machen.

Steve suchte sofort Claflin auf. »Erinnern Sie sich an diesen Jentnor der hier gewohnt und sich mit Clara Ingram verlobt hat?«, fragte Steve.

»Sehr gut sogar«, sagte Claflin. Ich weiß aber nichts Genaues über ihn, aber er ist sehr sympathisch und sieht gut aus. Ein englischer Bursche.«

»Was?«, sagte Steve.

»Ein Engländer, der seit ein paar Jahren in diesem Land ist; jeder mochte ihn.«

Wo, versuchte Steve sich zu erinnern, hatte er fast genau diese Beschreibung eines Mannes gehört, nach dem er sich erkundigt hatte?

Oh, es war in Denver gewesen, im Montview, als Goebel den englisch aussehenden, sympathischen jungen Mann erwähnte, der vor drei Jahren darum gebeten hatte, das Register für März zu sehen.

Aus welchem Grund? Um das Buch zu stehlen, so hatte Goebel gedacht, um einen Eintrag nach dem Namen eines Engländers zu ändern und zwischen dem Namen des Engländers und dem Zusatz 'und Diener' noch 'und Sohn' hinzuzufügen.

Steve konnte sich nicht an den Namen erinnern, außer dass er mit Bindestrich geschrieben wurde und überhaupt nichts mit dem Namen Jentnor zu tun hatte. Außerdem, welchen Zusammenhang könnte die Änderung in dem Register des Montview Hotels von vor drei Jahren mit diesem Versuch haben, heute einen Kassierer in Cleveland zu diskreditieren?

Noch ein weiterer Zufall neben dieser Ähnlichkeit der allgemeinen Beschreibung der beiden Männer kam Steve in den Sinn.

»Sehen wir uns noch einmal ihre Arbeitskarte an«, sagte er zu Claflin, und da war er der Eintrag über ihre Anstellung im Montview in Denver.

Im März vor drei Jahren, als der reiche Engländer mit seinem Diener – möglicherweise in Begleitung seines Sohnes, möglicherweise aber auch nicht – im Montview Halt gemacht hatte, war Clara Ingram dort angestellt gewesen.

In etwas weniger als einer Stunde kehrte Norton ins Hotel zurück und brachte sie mit. Das Mädchen war blass und sehr nervös; sie starrte Steve an, antwortete aber kaum auf seine Fragen, die er an sie in Claflins Büro richtete.

Norton nickte Steve zu, damit er zur Seite kommt. »Rufen Sie die Hausschwester, sie soll das Mädchen ruhig halten. Behalten Sie sie hier in einem Zimmer; ich sorge dafür, dass ihre Mutter hergeschickt wird, wenn sie in die Wohnung zurückkommt.«

»Was hat sie Ihnen erzählt?«, fragte Steve.

»Nichts. Sie hat sich darauf versteift, dass Jentnor ihr nie Geld gegeben hat und unmöglich in die Sache verwickelt sein kann, die man ihr anhängen wollte. Was sie aber fertigmacht, ist die Tatsache, dass sie weiß, dass er darin verwickelt ist – aber sie wird eher sterben, bevor sie es zugibt.«

»Haben Sie eine bessere Erklärung für den Grund?«, fragte Steve.

Norton schüttelte den Kopf.

»Wir haben keine Spur, die irgendwohin führt, und ich glaube, sie sagt die Wahrheit, wenn sie sagt, sie wisse keinen Grund.«

»Ich bin ihre Akte Woche für Woche durchgegangen, habe sie gefragt, wo sie war und was sie in letzter Zeit gemacht hat, und ich kann nichts aus ihr herausbekommen, was erklären würde, warum jemand ihr das antun wollte.«

»Ich würde ihr gerne eine Frage stellen«, sagte Steve.

»Schießen Sie los. Das Beste, was Sie für sie tun können, ist, die Sache so schnell wie möglich aufzuklären.«

»Clara«, sagte Steve, »können Sie sich daran erinnern, etwas Besonderes für einen Engländer getan zu haben, der vor drei Jahren im März im Montview in Denver Halt gemacht hat?«

»Ein Engländer?«, wiederholte Clara und starrte ihn an.

»Ein Engländer – mittleren Alters oder mehr«, wagte Steve zu sagen, »und mit einem Diener.«

Das Mädchen schüttelte den Kopf. »Nein, an einen Engländer kann ich mich damals nicht erinnern.«

»Versuchen Sie es denn auch?«

»Gewiss, Mr Faraday, ich versuche es.«

»Das weiß ich Clara«, sagte Steve, »und Sie wissen, dass wir versuchen, Ihnen zu helfen. Haben Sie ein Bild von Mr Jentnor?«

»Er hat mir nie eins gegeben, Mr Faraday.«

»Danach habe ich sie auch gefragt«, sagte Norton. »Er hat aber keine Fotos von sich herausgegeben.«

Die Krankenschwester erschien und brachte Clara weg.

»Woran haben Sie bei ihrem Engländer gedacht, der vor drei Jahren in Denver war?«, fragte Norton.

»An nichts – es war nur eine Art von Ahnung.«

»Die Krankenschwester oder irgendein Pfleger muss bei dem Mädchen bleiben, und wir müssen sie hierbehalten«, riet Norton.

»Sie verstehen sicherlich, dass Jentnor und einige andere wahrscheinlich versuchen, sie in die Finger zu bekommen. Sie könnten es mit gröberen Mitteln probieren, denn sie haben einen Grund, der für sie wichtig ist.

Sie hält immer noch an Jentnor fest; sie würde vielleicht sogar zu ihm gehen, wenn er nach ihr schickt. Das müssen Sie verhindern.«

»Wenn Jentnor nach ihr schickt«, versicherte Steve, als sich Norton auf den Weg machte, »werden Sie es sofort erfahren.«

Am Abend kam Norton zurück. »Wie geht es dem Mädchen?«, fragte er Steve.

»Sie ist hier und wird ruhig gehalten.«

»Sie haben nichts von Jentnor gehört?«

»Nein.«

»Das werden Sie auch nicht. Mr Jentnor ist abgehauen, und zwar so sauber, dass er – außer auf der Seele des Mädchens – kaum eine Spur hinterlassen hat.«

»Wir hatten einen anstrengenden Nachmittag; aber Mr Jentnors Auftreten ist jetzt ziemlich klar, wenn auch die Gründe für seine Handlungen es nicht sind.«

»Er kam vor einem Monat aus dem Nirgendwo hierher. New York steht nach seinem Namen als Wohnort in ihrem Register, aber das bedeutet nichts, und es gibt keinen Howard Jentnor in New York.«

»Seine Spur ist nirgends verfolgbar, bevor er ein Zimmer in diesem Hotel nahm. Er hat ihr und auch anderen Leuten erzählt, er sei Versicherungsmakler, aber keine Versicherungsgesellschaft kennt ihn oder hat im letzten Monat irgendwelche Geschäfte mit Howard Jentnor gehabt.«

»Er hatte hier kein Büro. Sein Geschäft scheint darin bestanden zu haben, sich bei Ihrem Mädchen beliebt zu machen. Das ist ihm sicherlich gelungen.«

»Alles spricht dafür, dass er ein äußerst charmanter Gentleman war, von feinem Benehmen und ausgezeichneten Manieren – überhaupt nicht der Typ, der sich ein arbeitendes Mädchen als Trägerin seines Verlobungsrings aussucht.«

»Der Kern des Problems mit ihr ist, dass sie weiß, dass er nicht der Typ war, der sie heiraten wollte. Für sie war er der feine Herr mit seinen englischen Gentleman-Manieren und seinem guten Aussehen. Er hat sie völlig überzeugt; aber sie wusste, dass mit dieser wunderbaren Romanze etwas nicht stimmte. Es war zu schön, um wahr zu sein. Aber sie ließ sich darauf ein; sie war verrückt nach ihm.«

»Dann passierte diese Sache hier, und sie weiß, dass er dahintersteckt.«

»Sie weiß nicht, warum – das glaube ich auch – aber sie weiß, dass er sie dazu gebracht hat, ihn zu lieben, nicht aus Liebe zu ihr, sondern als Teil seines Plans, um sie zu bekommen. Und das hat sie umgehauen; aber ihr Stolz und ihr Herz lassen nicht zu, dass sie sich gegen ihn wendet – noch nicht.«

»Keine Spur, wohin er gegangen ist?«, fragte Steve.

»Er hat sich vor ein paar Wochen, nachdem er sich mit dem Mädchen verlobt hat, ein Zimmer außerhalb genommen. Heute Morgen ist er abgereist, ohne auch nur einen Kragenknopf zu hinterlassen.«

»War er den ganzen letzten Monat in Cleveland?«, fragte Steve.

»Nein, letzte Woche war er für fünf Tage weg.«

Später am Abend, als die Ermittlungen in Cleveland immer noch nicht weitergekommen waren, rief Steve Goebel in Denver an.

»Übrigens«, sagte er, nachdem er über Routineangelegenheiten gesprochen hatte, »hat sich irgendetwas Neues über die Änderung im Register ergeben, die Sie mir gezeigt haben?«

»Nein, gar nichts.«

»Wie war noch mal der Name, Goebel?«

»Hougham-Stearns – L B. Hougham-Stearns und Sohn und Diener, London. Und wir glauben, dass das 'und Sohn' später hineingeschrieben wurde.«

»Daran erinnere ich mich«, sagte Steve. »Wie hieß der Ort in Südkalifornien? Sie hatten ihn im Zeitungsausschnitt gelesen.«

»Sussex House. Haben Sie etwas darüber?«

»Nein; ich denke nur darüber nach«, antwortete Steve – und er dachte in dieser Nacht mehrmals darüber nach.

Am Morgen berichtete Norton von der Festnahme weiterer Mitglieder der Fälscherbande. Er hatte keine Verbindung der Bande zu Clara Ingram finden können, außer der Tatsache, dass Jentnor etwas von dem Geld, das von der

Bande in ihrer Fabrik hergestellt wurde, bei ihr eingesetzt hatte.

Clara Ingram hatte nichts mehr zu sagen; sie weigerte sich immer noch, Jentnor zu beschuldigen; sie konnte keinen Grund liefern, warum er oder irgendjemand anderes ihr etwas antun sollte.

Steve besuchte sie am späten Vormittag erneut. Ihre Mutter war bei ihr, und sie hatte geweint.

»Sie wissen Clara«, sagte Steve, »dass irgendetwas dahinter stecken muss, ob Jentnor nun etwas mit ihrem Ärger zu tun hat oder nicht. Sie wollen das doch auch aufklären, nicht wahr?«

»Ja, Mr Faraday.«

»Versuchen Sie nachzudenken. Vor drei Jahren im März – es war der erste März, an dem Sie im Montview Hotel waren, Clara – haben Sie da etwas Besonderes für einen Engländer namens Hougham-Stearns getan, der im Hotel war?«

»Nein, Mr Faraday.«

»Er war ein ziemlich alter Mann und krank«, fuhr Steve fort. »Er hatte die Suite im fünften Stock an der Südostecke. Wurden Sie jemals in diese Suite gerufen, um etwas Besonderes für einen alten, kranken Engländer zu tun?«

Claras Augen wurden ausdruckslos bei dieser Vermutung, aber schließlich antwortete sie: »Nein, an so etwas erinnere ich mich nicht.«

»Aber ich erinnere mich an so etwas an unserem ersten März in Denver, Clara«, warf ihre anwesende Mutter ein. »Du hast zehn Dollar dafür nach Hause gebracht und mir davon erzählt. Sie waren für etwas, dass du für einen Mann getan hast, der seinen Sohn verstoßen hatte.«

Claras Augen wurden trüb und erhellten sich dann wieder.

»Jetzt erinnere ich mich, dass ich für einen alten Mann, der krank war, in dieses Zimmer ging«, sagte sie langsam zu Steve. »Ich bin mit Mr Clover, dem Nachtportier, hingegangen.«

»Warum sind Sie dort hingegangen, Clara?«

»Er wollte, dass Mr Clover und ich ein Dokument für ihn bezeugen.«

»Was für ein Dokument war es?«

»Es war ein Testament.«

Zehn Minuten später rief Steve Norton an: »Ich glaube, wir haben jetzt etwas.« Und als Norton vorbeikam, sagte Steve ihm, was es war.

Zwei Tage später erhielt Steve von Norton in New York ein Telegramm mit sieben Worten:

'Können Sie herkommen und Clara Ingram mitbringen?'

Norton erwartete sie in der Grand Central Station, als sie am nächsten Morgen ankamen. Er betrachtete das bleiche und beunruhigte Mädchen scharf, dann zog er Steve außer Hörweite zur Seite.

»Was haben Sie?«, erkundigte sich Steve.

»Noch nicht Jentnor«, antwortete Norton. »Da er neben anderen Aktivitäten auch Falschgeld verbreitet hat, will die Abteilung ihn haben. Das ist meine Ausrede, um an dem Fall dranzubleiben.«

»Ansonsten ist dieser Fall wesentlich mehr als nur eine bundesstaatliche Angelegenheit geworden. Das wird ein bisschen hart für ihr Mädchen werden.«

»Ich glaube, sie ist darauf vorbereitet«, sagte Steve.

»Eine Frau ist nie auf so etwas vorbereitet«, gab Norton zurück und führte sie zu einem Taxi.

Zwanzig Minuten später hielt es vor einem schmalen Haus, das trotz des Einzugs von Geschäftsgebäuden im benachbarten Block noch eine Andeutung der Pracht enthielt, die einst der Stolz der unteren Fifth Avenue war.

Steve führte Clara Ingram die Treppe hinauf und Norton läutete.

»Mr Faraday und Miss Ingram«, kündigte er dem livrierten Diener an, der sie einließ und über eine stattliche Treppe in die obere Etage führte, wo ein zweiter Diener sie in einen großen Raum führte, in dem ein riesiger alter Mann mit schneeweißem Haar und Schnurrbart residierte.

Er saß wie auf einem Podest in einem großen Stuhl zwischen Kissen. Steve hätte sofort erkannt, wenn Norton es ihm nicht gesagt hätte, dass Hougham-Stearns' Position in diesem Haushalt, die eines Gastes war; er war einer, der auf Reisen öfter in den Häusern von Freunden Halt machte als in Hotels.

»Mr Faraday«, begrüßte ihn der Engländer, wie einer, dem der Name nichts bedeutet.

»Und Miss Ingram«, ergänzte Steve, konnte aber nicht sehen, ob Hougham-Stearns sich an das Mädchen oder ihren Namen erinnerte.

Sie wiederum starrte ihn an wie einen Fremden; sie zitterte, wie Steve sah, und war ganz weiß. Er stellte sich dicht neben sie.

Der Diener, der geräuschlos die Tür wieder geschlossen hatte, kam mit lautlosen Schritten hinter dem Stuhl seines Herrn zu stehen.

Auch er war ganz offensichtlich ein Engländer, aber dunkelhaarig und mit fahler Haut.

Norton hatte den Raum nicht betreten.

»Ich habe zugestimmt, Sie zu sehen«, sagte Hougham-Stearns zu Steve, »auf die ziemlich unbestimmte, aber maßgebliche Information hin, dass Sie mir etwas mitzuteilen haben, das für mich von großer Bedeutung ist.«

»In letzter Zeit habe ich überhaupt niemanden mehr empfangen, um meine Kräfte für die Heimreise zu schonen. Ich muss Sie bitten, sich so kurz wie möglich zu fassen.«

»Es betrifft«, sagte Steve, »Ihren Sohn.«

»Nichts, was Ralph betrifft, kann mich auch nur im Geringsten interessieren.«

»Das ist eine Angelegenheit, die Sie nicht so einfach beiseiteschieben können.«

»Miss Ingram ist unschuldigerweise in ernste Schwierigkeiten mit den Bundesstaatsbehörden geraten, und zwar wegen Falschgeld, das, wie wir glauben, ihr Sohn ihr in die Hand gegeben hat.«

Clara Ingram sprang auf. Steve ergriff ihren Arm und beruhigte sie.

»Ich bezweifle es nicht«, sagte Hougham-Stearns. »Ich meine, ich bezweifle nicht, dass er es getan hat.«

»Er hat sich zuerst verlobt, um sie zu heiraten.«

»Daran zweifle ich auch nicht.«

»Offenbar mit dem einzigen Ziel, ihr Vertrauen zu gewinnen, um sie dann zu diskreditieren.«

»Ich sage auch hier, dass ich das nicht bezweifle.«

»Sie sind nicht die Erste, Miss Ingram, die mein Sohn in Schwierigkeiten und Kummer verwickelt hat.«

»Sie können das Wort seines Vaters akzeptieren, dass er bei Frauen und Männern sein ganzes Leben lang ein durchtriebener Schurke war, der mit niemandem ehrlich war. Aber alles, was er Ihnen angetan hat, ist weniger, als er mir angetan hat, und das mehr als einmal.«

»Miss Ingram hat ihn unter dem Namen Jentnor gekannt«, sagte Steve. »Sie ist noch nicht davon überzeugt, dass er sie betrogen hat. Darf ich fragen, ob Sie ein Bild von Ihrem Sohn haben?«

Hougham-Stearns hielt seinen Kopf gerade aufgerichtet.

»Ich habe immer das eine behalten, das seine Mutter bei sich trug.« Er nickte seinem Diener zu, der hinausging und mit einem Bild in einem kleinen, runden, juwelenbesetzten Rahmen zurückkehrte.

Hougham-Stearns trug ihm auf, es Steve zu geben.

»Ist das Jentnor?«, erkundigte sich Steve bei Clara, und er spürte, wie sie zitterte, als sie das Bild betrachtete.

»Nein«, sagte sie. »Nein, nein, ist es nicht.« Dann brach ihre Verteidigung zusammen. Sie war plötzlich so schwach, dass Steve sie in die Arme nahm und halb zu einem Stuhl trug.

»Oh, er ist es! Er ist es!«, sagte Steve.

»Miss Ingram«, sagte Steve leise zu Hougham-Stearns, nachdem sich das Mädchen beruhigt hatte, »war eine der Zeuginnen für ihr Testament.«

»Ich kann Ihnen nicht folgen«, sagte Hougham-Stearns.

»Sie waren in Denver im Montview Hotel«, fuhr Steve fort, »mit Ihrem Sohn, und das Testament, das Miss Ingram zusammen mit George Clover, einem anderen Angestellten des Hotels, bezeugte, wenn sie sich richtig erinnert, enterbte ihn.«

»Das ist richtig«, sagte Hougham Stearns, »nur, dass mein Sohn nicht bei mir war. Ich war allein dort, abgesehen von Charles, meinem Diener.«

»Ich hatte Ralph in New York gesehen, und nach dem letzten schändlichen Kapitel seines Tuns entschied mich, ihn ganz auszugrenzen. In Denver, plötzlich schwer erkrankt, machte ich ein Testament und hinterließ mein Vermögen wohltätigen Zwecken.«

»Zweifellos haben Sie das Testament nach London geschickt, zu Ihren Anwälten?«

»Nein. Ich schrieb ihnen, dass ich ein neues Testament gemacht habe, dessen Natur sie erfahren würden, wenn ich zurückkäme. Ich bin nie zurückgekehrt und habe es immer noch bei mir.«

»Würde es Ihnen etwas ausmachen, es mir zu zeigen?«, fragte Steve.

Hougham-Stearns, jetzt sehr interessiert, sah sich nach seinem Diener um, aber der hatte den Raum verlassen.

Er berührte eine Glocke neben sich, wartete, dann berührte er sie erneut. Da der Mann nicht erschien, bot Steve selbst an, das Gewünschte zu holen, aber Hougham-Stearns läutete nur noch einmal.

Clara Ingram setzte sich auf mit großen Augen und wieder konzentriert.

»Jetzt kommt jemand«, sagte Steve und öffnete die Tür, um Norton einzulassen, der einen leichte, verschlossene Stahlkassette trug.

»Ihr Diener ist unten in den Händen von zwei New Yorker Polizisten«, sagte Norton zu Hougham-Stearns. »Sie haben ihn nicht daran gehindert, auf Ihre Klingel zu antworten. Sie haben ihn festgenommen, als er schon dabei war, das Haus zu verlassen.«

»Hier ist Ihre Kassette. Ich habe auch den Schlüssel, den man Ihrem Diener abgenommen hat. Soll ich sie öffnen?«

»Bitte tun Sie das.«

Norton tat dies und stellte die geöffnete Kassette neben den Engländer, der sofort ein gefaltetes Dokument herauszog und einen Moment später ein weiteres, das äußerlich ein Duplikat davon war.

»Was ist das? Was ist das?«

»Das eine, nehme ich an«, sagte Steve, »ist ihr Testament, wie es in jener Nacht in Denver verfasst und von George Clover und Clara Ingram bezeugt wurde und in dem Sie Ihren Sohn enterben.«

»In dem anderen, so glaube ich, werden Sie etwas Unterschiedliches vorfinden.«

»Es ist ein anderes Testament, unterzeichnet mit meinem Namen, aber nicht von mir, das meinen Nachlass meinem Sohn überlässt«, sagte Hougham-Stearns.

»Hm«, sagte Steve. »Wie wurde es bezeugt?«

»Die eine Unterschrift ist die gleiche wie in dem anderen – George Clover. Der andere Name ist Ida Delff.«

Steve wandte sich an Clara. »Kennen Sie Ida Delff?«

»Sie war eine Haushälterin im Montview.«

Hougham-Stearns sank zurück in seine Kissen. »Mein Sohn hat das getan!«

»Zweifellos«, sagte Steve.

»Ich hätte nicht gedacht, dass ich ihm die Macht gelassen habe, mir noch so einen Schlag zu versetzen.«

»Sie haben ihn von dem Millionenvermögen abgeschnitten«, erinnerte Steve ihn. »Zweifellos haben Sie es ihm gesagt. Er war nicht einer, der passiv bleibt. Darf ich diese Dokumente sehen?«

Hougham-Stearns nickte, und Steve untersuchte sie.

»Jetzt ist es ganz klar, Clara«, sagte Steve und legte sie in ihre Hände.

Er blickte zu Hougham-Stearns. »Das alles muss eine sehr hübsche Abmachung zwischen Ihrem Sohn und Ihrem Diener sein.«

»Vor etwa einem Monat, nach den Bewegungen ihres Sohnes zu urteilen, bereiteten sie diese Fälschung vor; und ihr Sohn ging los, um die Zeugen des ursprünglichen Testaments aufzusuchen, um zu sehen, ob sie gekauft werden konnten.«

»Offensichtlich wurde Clover gekauft – wenn diese Unterschrift seine ist. Ihr Sohn ging nach Cleveland, um es bei Clara Ingram zu versuchen, gab aber offensichtlich die Idee auf, sie zu kaufen. Also hat er nicht ihren Namen auf die Fälschung gesetzt, sondern den Namen einer anderen Angestellten des Montview, die offensichtlich gekauft wurde und vor Gericht schwören würde, dass sie ihr Testament bezeugt hat.«

»Es wurde dann alles veranlasst, um im Falle Ihres Ablebens die Fälschung an die Stelle Ihres

Original-Testaments zu setzen, bis auf die Aussage dieses Mädchens hier, das das Original bezeugt hatte.«

»Ihr Sohn kümmerte sich persönlich um sie. Er spielte ihr Liebe vor, um ihr Vertrauen zu gewinnen; denn er plante, sie eine Zeit lang in einem Bundesgefängnis aus dem Weg zu räumen und sie so zu diskreditieren, dass ihre mögliche Aussage gegen das gefälschte Testament als unglaubwürdig gelten würde.«

»Mit Falschgeld, sagen Sie?« Hougham-Stearns starrte Steve mit stumpfen Augen an.

»Er scheint sich Falschgeld besorgt zu haben, das in Cleveland im Umlauf war. Er hat es dem Mädchen untergeschoben und auch andere Beweise fabriziert«, sagte Steve.

»Ein bisschen poetische Gerechtigkeit von der Sorte wie sie, so sagte mir Captain Norton, in solchen Fällen oft vorkommt, war hier gegeben, weil alles unnötig gewesen war, denn Miss Ingram hatte die Angelegenheit vollkommen vergessen. Wenn sie wieder daran erinnert worden wäre und erfahren hätte, dass er Ihren Besitz geerbt hatte, hätte sie wahrscheinlich nur gedacht, dass Sie ein anderes Testament gemacht hätten.«

»Aber wie«, fragte Hougham-Stearns, »da Sie seinen Namen nicht kannten, haben Sie ihn zu mir zurückverfolgt?«

»Er hatte noch ein weiteres Beweisstück fabriziert, um seinen Fall zu stützen. Da er wusste, dass er sich mit Ihnen nicht gut verstand, wollte er den Anschein erwecken, dass Sie zum Zeitpunkt der Testamentseröffnung zusammen waren; also änderte er das Register in Denver um den Eintrag 'und Sohn', den er nach Ihrem Namen eingefügt hat. Das war es, was zuerst die Aufmerksamkeit auf ihn lenkte und Sie in den Fall hineinbrachte.«

»Das ist genau, wie Ralph sich verhält«, sagte Hougham-Stearns und fragte diesbezüglich nicht weiter nach.

»Vor allem aber entspricht es ihm, dass er sich bei dieser jungen Dame zu hinterhältigen Zwecken einschmeichelt. Ich würde gerne etwas für sie tun. Ich möchte sie entschädigen – «

Clara Ingram schüttelte mit tränengefüllten Augen den Kopf.

»Doch, ich werde auf etwas bestehen!«

»Und Ihnen, Mr Faraday, bin ich dankbar. Sie haben beträchtliche Kosten und große persönliche Unannehmlichkeiten auf sich genommen, um mir einen Dienst zu erweisen.«

»Dienst?«, Steve schnappte das Wort auf. »Sie waren vor drei Jahren Gast im Montview Hotel, und das Faraday-Management ist bestrebt, seinen Gästen jeden erdenklichen Service zu bieten.«